パリわずらい 江戸わずらい

浅田次郎

ASADA JIRO

小学館

パリわずらい　江戸わずらい

もくじ

Contents

Contents

装画　川上和生
装丁　高柳雅人

旅の仕度

パスポート。エアチケット。クレジットカード。

それぞれの頭文字を取って、「PAC《パック》」と覚える。何を忘れてこようが、この三つさえあればとりあえず旅は続けられる。もしひとつでも欠けようものなら、中止もしくは中断である。

年齢とともに旅慣れて荷物が少なくなるのかと思いきや、若い時分よりずっと「必需品」が多くなった。

まずは衣料。気候の変化を怖《おそ》れるようになれば過分になる。少しの汚れも気になるので、下着や靴下は必ず日数分。現地で誰に会うかわからぬから、スーツとワイシャツとネクタイ。これだけでもすでに、機内持ち込みのバッグひとつでは間に合わない。

次に書物。かつては観光に忙しかったが、このごろではホテルの部屋や街角のカフェで時を過ごすことが多く、いきおい読書が進む。電子書籍などという便利なものとは無縁であるから、読む本がなくなったらどうしようという恐怖感が働いて、これも過分になる。パンツと同様に必ず日数分である。

さらには薬品類。数年前に健康を損ねて以来、毎日服用している薬は万が一に備えてありったけを持って行く。何かの事情で足止めを食った際のことを考えるのである。ほかにも、風邪薬、胃腸薬、解熱剤、ビタミン剤、目薬その他、日ごろはまず使わないさまざままでゴッソリと持って出るようになった。

携帯電話を使うからには充電器も、充電するからには変圧器も忘れてはならない。こうしたかつては持たなかったツールも、あれやこれやとなれば馬鹿にはできないのである。

思えばTシャツとジーンズに革のコートを一枚だけ持って、ヒョイと旅立ったのはつい先年であった。

さて、こうした現状になるといよいよ「PAC」に留意しなければならぬ。持ち物が多くなればなるほど、肝心なものを忘れる危険がある。

パスポート。エアチケット。クレジットカード。よく考えてみればこれら以外のものはすべて、たとえ忘れても買うか借りるかあきらめるかで解決できる。「PAC」を確認して家を一歩出たなら、スーツケースの中身など考えぬほうが賢い。

むろん、「PAC」のうちのひとつでも忘れた場合は大ごとである。

パスポートについては、誰もが海外旅行デビューのときから「命の次に大切なもの」と肝に銘じているので、忘れたの紛失したのという話はあまり聞かない。それくらい、みなさん常に確認し続けているのである。

ところが数年前に、これを絵に描いたようなミステイクがあった。中国の取材旅行に出発するため、編集者数名と成田空港のカウンターで待ち合わせたところ、ひとりがまこと情ない顔で告白したのである。「すいませーん、パスポートを忘れました」。

こうしたときはどうなってしまうのかというと、当たり前の話だがひとりだけ出発できない。泣こうが喚こうが、誰にすがりつこうがダメ。別便の手配をし、自宅までパスポートを取りに帰って、翌日北京で合流することになった。

むろん本人もほかの同行者も、旅慣れていたからことなきを得たのであって、メンバー次第ではどうなっていたかわからない。あるいは彼ではなく私がパスポートを忘れたとしたら、取材旅行そのものが流れたかもしれなかった。

そういえば、こんなこともあった。

同行者のひとりが出発の直前に、パスポートの期限切れに気付いたのである。これもまた、泣こうが喚こうが、誰にすがりつこうがダメ。賞味期限切れでも食っちまえ、というわけにはいかぬ。むろん更新の手続きには手間がかかるから、家に忘れるよりもはるかにダメージは大きい。今にして思えば、彼女がわずか二日遅れで現地合流したのは、いったいどういう手を使ったのかは知らぬが奇跡であった。

もしやパスポートの有効期限が最長十年になったあと、この種のミステイクは多いのではあるまいか。五年間という時の範囲には現実味があるが、十年となれば未来の安息を感ずる。そのぶん、有効期限の認識は希薄になると思える。

ついでにもうひとつ、こんなこともあった。

北アフリカを旅したとき、同行者のひとりがホテルの金庫にエアチケットを忘れてきた。しかもどうしようもないことに、彼は一行四名の幹事役で、全員のチケットを置き忘れたのである。熱風吹きすさぶチュニス・カルタゴ国際空港で、「アッ！」と叫んだまま彫像になった彼の姿は今も瞼に残る。

行き先はモロッコのカサブランカ。フライト時間は迫っていた。もっとも、私はあんがい呑気な気性なので、各自がパスポートは持っているのだから、エアチケットの再発行ぐらいはどうにでもなるとタカをくくっていた。ところが、あんがいなことにどうにもならなかったのである。

まず言葉が通じぬ。チュニジアで通用するのはアラビア語とフランス語。しばらくカタコトの英語でやり合ってから係員が交代したのだが、そもそもこっちの英語が怪しい。ましてやフライト間際でカウンターはあわただしかった。せめてエアチケットのコピーでも持っていれば話は早かったのであろうが、それも用意がなかった。

結局、二名をその便に押しこんで、残る二名は翌日のフライト、という妙な決着になった。座席はあるはずなのに、なぜそういう結論が出たかはいまだに不明である。

以来私は、国内海外にかかわらずエアチケットのコピーを、必ず財布の中に入れておくようにしている。つまりこうした苦い経験の累積によって、旅慣れるほどマイナス思考がたくましゅうなり、いきおい少しずつ荷物が増えるのである。

しかし先日、国内の旅先で近ごろの「紙状チケット」を「紙」と誤認して屑籠に捨ててしまい、めでたくこのコピーが日の目を見た。俺も賢くなったと思えば嬉しくもなり、俺も年寄ったと思えば悲しくもなった。

ところで、私はただいま本稿を軽井沢の書斎で書いている。冬に備えて別荘を閉め、名残の紅葉を見るためだが、例によって仕事をドッサリ持ち込んだ。

やはり年齢とともに強迫感がまさって、わずか四日間の滞在だというのに、携行せる資料等は車のトランク一杯分である。で、喫緊の新聞連載にかかる前に、さらに喫緊なる本稿の筆を執らんとして仰天した。資料を詰めこんだ荷物の中に、万年筆が見当たらぬ。

書物の一冊や二冊、忘れてきたところでどうにでもなるが、万年筆がないというのは、旅でいうならパスポートがないに等しい。そこでやむなく、そこいらにあったボールペンで原稿を書き始めた。活字になれば同じだろうとは思うのだが、何となく不正を働いているような気がしてならぬ。

旅に出るときは「PAC《パック》」。仕事場を移るときは、万年筆とインクと原稿用紙で「MIG《ミグ》」というのはどうだ。

それだけあれば何とかなる。いや、そもそもはそれだけで十分としなければいけないはずなのだが。

時差ボケ《ジェットラグ》

五月もなかばというのに、軽井沢の庭には辛夷《こぶし》の花が咲き残っている。春にさきがける純白の宴こそ彼女にふわさしい舞台だが、若葉の翠《みどり》に抱きとめられながら、わずかな森の風に散り落ちてゆく姿はけなげに美しい。

——とか何とか、詩人を気取ってはみたものの、現在時刻は朝まだきの午前五時前、早い話が私は時差ボケの睡眠障害に悩みつつ、この原稿を書き始めたのである。

帰国後一週間が経つというのに時間割はいまだグッチャグチャで、白昼の睡魔に襲われたかと思えば、夜は夜で見知らぬ化物に揺り起こされる。若いころは何ともなかったのだが、年齢とともに時差ボケがひどくなった。

どうしたわけか、同じような飛行時間でも西まわりのヨーロッパ便はまだしもマシで、東まわりのアメリカ便がことさら身に応える。今回の出張先はその最たるところ、北米大陸東部のトロントであった。同地の時差はマイナス十三時間、すなわち昼夜そっくり裏返しなのである。

渡航目的はカナダ・ペンクラブ主催による両国の文学交流事業で、まずは日系文化会館における講演とトロント大学でのディスカッション、後半は西岸のバンクーバーに飛び、サイモン・フレイザー大学で現地作家との公開対談をする、という内容であった。

さほどのハードスケジュールではないが、一週間も書斎を離れることのほうが問題なのである。不在中の締切原稿やゲラ校正を前倒しにして片付けておかねばならない。とりわけ二年に及ぶ週刊誌の連載が、残すところ二回の大団円を迎えていた。

千二百枚にのぼる長篇小説のラスト三十枚である。マラソンでいうならゴール直前のスタジアム周回、クライミングでいうなら頂上直下のオーバーハングであるから、それはそれはプレッシャーがかかる。万が一、ここでコケたらすべてが水の泡と思えば、一行一句はランナーやクライマーのワンピッチに似て、まことビビるのであった。

幸い掲載誌はゴールデンウィークの合併号を挟んでいるので、出発前に一回分、帰国直後の二日間で最終回を書くという手もあるのだが、まさかスタジアムのトラックで水を補給するランナーはおるまいし、頂上直下で一服つけるクライマーもいるものか。ここは一気呵成に脱稿するほかはない。

だがしかし、緊張のあまり筆はビビり、ついに最終回の十五枚を残して出発、という事態となった。

時差ボケの元凶はまずこれであった。頭の中は千二百枚のラスト十五枚でパンパンに膨れ上がり、血圧どころか脳圧まで上がっていたと思う。

興奮状態もさることながら、乗ったことのない外国航空会社の機材というのがなおいけなかった。眠ろうとしても慣れぬシートが落ち着かず、カナディアンたちの豪快な鼾《いびき》もやかましく、自然な睡気を誘う麻雀ゲームもなく、かわりに手を染めたテトリスでいっそう興奮してしまい、ついには字幕もない『シャッター・アイランド』を意味不明のまま見続けて、ストーリーの憶測がさらなる興奮を招き、とうとう最終回を残すのみのわが作品の切り抜きを、第一回から読み始めてしまったのであった。

つまらない小説ならよかった。いや、やっぱりよくない。てめえで言うのも何だが、ものすごく面白いのである。すると読むほどにいよいよ、ラスト十五枚の重みがのしかかってきた。なにしろ残る最終回は読者にとっては未知のものだが、このハゲ頭の中にだけは存在するのである。しかも、いまだ形を成さぬ混沌のまま。

というわけで、時差ボケの対処法は機内における十分な睡眠と知りつつ一睡もせず、トロント大学でいったい何をしゃべったか、まるで記憶にない。

それでも数日のうちには、いくらか現地時間になじんできたので、後半のバンクーバーでは汚名返上を期した。

トロント発は午前十時。バンクーバー着は午後〇時二分。しかしこのフライトスケジュールに再び時差ボケの罠が潜んでいたのであった。世界第二位の国土面積を誇るカナダが、たった二時間で横断できるわけはないのである。すなわちトロントとバンクーバーの間には三時間の時差があり、わずか二時間と思っていたフライトは、当たり前の話だが五時間を超えた。

バンクーバー着はトロント時間の昼過ぎ、しかし実は三時過ぎであった。この三時間の思いがけぬ時差が、せっかく修正された私の時間感覚を再びグッチャグチャにした。

日本時間とトロント時間とバンクーバー時間の混在した時差ボケはタチが悪かった。私は滞在中の日がな一日、ハイになったりダウンしたりした。その結果、いったいサイモン・フレイザー大学で何をしゃべったか、てんで記憶にない。

ちなみに、当日の公開対談で使用したとおぼしきプリントの余白には、二色のボールペンでギッシリとメモが記入されている。

「歴史は真実の探究、歴史小説は娯楽」

「小説家の使命、責任感、義務感。神話、聖書、仏教説話」

何だかコワい。いったい何をしゃべったのだ。

「源氏、11℃。人間描写、GOOD。小説は夢見る力を。キャサリン、SAY。OK。YES、YES」

キャサリンて誰なんだよ。たぶん対談相手の作家だとは思うけど、顔も覚えていない。何がGOODで、何がYESなんだ。

しかし、ただひとつはっきりと記憶に残る顔がある。会場を出るときに大学院生だというカナダ人の青年が握手を求めてきた。差し出された〝THE STATIONMASTER〟に、筆ペンで『鉄道員』とサインをすると、彼はていねいに頭を下げたあと驚くほど流暢な日本語で、

「私はサイデンステッカーやドナルド・キーンのようになりたいです」

と言った。その若者の頼もしい一言を聞けただけでも、カナダにきた甲斐はあった。

さて、その翌日は午後一時五十分のバンクーバー発。成田着は日付の改まった五月五日午後三時五十五分。つまり時差ボケにさらなる時差ボケを畳みこむ、最悪の時間割となった。ボケにボケが重なれば、マイマイがプラで正常になるかと思いきや、ダブルマイナスの深みに嵌《は》まるのである。

かくして、帰国早々『一刀斎夢録』最終回を前後不覚のまま書き上げ、本稿の締切を抱えて軽井沢まで逃げてきた。

原稿から目を上げれば辛夷の森である。

今年も見る人のないまま多くは散ってしまったが、それでもなお若葉に紛れた純白の花も少なからず、けなげに私の訪《おとな》いを待っていてくれた。

袖ふりあうも多生の縁

かつてロンドンでこんなことがあった。

バークレー・スクエアのカジノでケツの毛まで抜かれ、尾羽打ち枯らしてホテルへと戻った。肌寒い秋の夜であったかと思う。

ハイド・パークのほとりにある常宿まではトボトボと歩いても十分くらい、要するに自己嫌悪に陥らぬ程度に反省しつつ歩くには、ころあいの距離であった。

真夜中だというのに、ホテルの周辺にはいやに人が多かった。『ザ・ドーチェスター』はパーク・レーンに面した三角形の建物である。その裏道のあたりに、若者たちが大勢たむろしていた。

ロンドンの若者たちは概して行儀が悪い、と思うのは私だけであろうか。パリの子供らが大人に対して謙虚であるのはたしかだが、ロンドンの彼らはわがもの顔という感じがする。そうした連中が何百人も、夜更けに寄り集まっているのだから、いったい何があったのかは知らんがともかくかかわり合いになってはならぬと、私はまっしぐらにドーチェスターの玄関を叩いた。

「叩く」という表現には説明がいる。気位の高いこのホテルは、夜が更けると玄関に錠を下ろしてしまうのである。ところが従業員たちは必ずゲストの顔を覚えていて、ドアを叩けば内側から笑顔で錠を解いてくれる。完璧なセキュリティーである。

そうしたホテルであるから、「何があったのか」と訊《たず》ねてもバトラーは余計なことを言わない。「お騒がせして申しわけありません」と答えるばかりであった。

さて、ゲストルームに戻ったはいいが、どうにも外が騒々しくていけない。悪いことは忘れてぐっすりと眠りたいのに、若者たちの歓声や指笛が部屋の中まで入ってくる。そこで、バカヤローのひとつも言ってやろうと思い、カーテンを開けた。

とたんに信じられぬことが起きた。窓を押し開けてバルコニーに出ると、眼下の若者たちが一斉に私を見上げて歓呼の叫びを上げたのである。わけがわからん。というより恐怖感に捉われた私は、むろん歓呼の声に応えるはずもなく、部屋に飛びこんでカーテンを引いた。

考えねばならなかった。なにしろ階下の路上には何百人もの若者たちが、カーテンコールを叫んでいるのである。しかし考えたってわかるわけはないので、とりあえず同行の編集者を叩き起こし、ときどき連載小説のストーリーに詰まったときと同様、一緒に考えることにした。

「わー、ほんとだ。みんなこの部屋を見上げてますよねえ。もしや浅田さん、ひそかに他社の本が英訳されて、ベストセラーになってやしません？」

「んなわけねえだろ。カジノでもみんな知らん顔をしてたし」

「著者の知らないうちに海賊版が出て、ベストセラーとか」

「んなわけねえって。もうちょっとまともなストーリーを考えられんものかね」

「わかった。ドッキリだ。日本のテレビ局が大がかりなドッキリを仕込んだっての、どうです」

「だとすると君は共犯かもしれんけど、ドーチェスターが共犯とは思えん。ボツ」

考えあぐねるうちに、ひときわ大きな喝采が沸き起こった。

「なあるほど、やっぱり思い過ごしですねえ。このところ自意識過剰じゃありません？」

私たちは再び窓を開けて、階上のバルコニーを見上げた。人の気配がする。群衆の視線は私たちの頭上に集まっていたのだった。

翌る朝、バトラーに階上のゲストネームを訊いたのだが、やはり答えは得られなかった。「あいにくですが、お客様のプライバシーについてはご容赦下さい」というわけである。

ところが、謎のゲストの正体は偶然わかった。朝食をおえてレストランから出たとたん、物々しいボディーガードに囲まれたマイケル・ジャクソンが、目の前を通り過ぎたのであった。

編集者は腰が抜けるほど仰天していたが、実のところ私にはさほどの感動がなかった。

世代のちがいである。私とマイケルとは六つか七つしか齢《とし》が離れていないが、そのわずかな年齢差は決定的な懸隔と言える。つまりわが青春のＢＧＭであったビートルズやストーンズは懐かしくても、私の中のマイケルはジャクソン・ファイブの達者な末ッ子でしかなかった。しかし一回りも齢下の編集者にしてみれば、信じ難い出来事だったのであろう。たとえばそのとき目の前を通り過ぎた人物が、マイケルではなくポール・マッカートニーであったとしたら、たぶん私は腰を抜かしたはずである。

それにしても、まこと運命とはふしぎなもので、その存在の偉大さもありがたみもよくわからぬ私の前に、マイケル・ジャクソンは一度ならず二度も出現した。

ロンドンでの一件からさほど経っていないころのことであったと思うが、ラスベガスのアンティークショップで、またしても彼と遭遇したのである。

アメリカの骨董品店は面白い。国の歴史が浅いせいで、品物に理屈がない。いったい偽物か本物か、良い品か悪い品かもわからぬ得体の知れぬ美術品が、ゴッテゴテに置いてあるから楽しい。ましてや、派手こそ美徳とされるラスベガスである。

その日もやっぱり、ケツの毛まで抜かれたウサ晴らしに店内をひっかき回していると、店員がやってきて外に出ろと言った。

これは少々ひやかしが過ぎたかと思ったが、そうではなかった。私ばかりではなく、店内にいた客は全員がただちに追い出されたのである。

ハテ、これはいったいどうしたことであろうと、店の前でしばらく様子を窺っていた。するとさして待つまでもなく、どこかで見た覚えのあるボディーガードの一団が現れた。まさかねえ、と思ったがそのまさかであったのには驚いた。ロンドンのときと同じくらい目と鼻の先を、マイケルが通り過ぎた。

彼が店に入ると、ドアは内側から鍵をかけられた。貸し切りというわけである。

袖ふりあうも多生の縁、とは言うけれど、私は何の因縁があってあのスーパースターと二度もすれちがったのであろう。それも地球上の任意の地点で、期待もせず望みもしていないというのに。

彼の突然の訃報が世界を駆けめぐったとき、とても奇妙な感慨に捉われた。こんなにも嘆き悲しんでいるファンをさしおいて、何の興味も持たぬ私の前に、どうして彼は二度も現れたのだろう。

袖ふりあうも多生の縁、という格言はいまだに意味がわからない。辞書をどう調べようが、納得がいかない。ただ、意味がわからなくとも、その具体例を私が体験したことはたしかなようなのである。

奇妙な感慨を説明すれば、そういうことになろうか。

国際会議

国際ペン大会に出席するためにオーストリアのリンツに向かったのは、ドナウの河岸が錦繡に色づくころであった。

二〇〇八年の大会はコロンビアのボゴタで開催されたのだが、出発の一週間前に狭心症の治療を受けねばならなくなり、ドタキャンを余儀なくされた。二〇一〇年は東京で開催されるのだから、本大会を実見し、なおかつ東京大会に向けてのアピールをしなければならない。

不在中の原稿を何とか片付け、成田まですっ飛んで行くと、大勢の知った顔があった。乗り継ぎのウィーン空港では別ルートからの参加者と合流し、結局翌日の開会式には三十人近くの日本ペンクラブ会員が集まった。開催当事国以外でこれだけの参加者があるのは、前代未聞だそうだ。

会員である限り参加は自由なのだが、むろん旅費も滞在費も自前である。そのうえ大枚三百ユーロの登録費も支払わねばならない。それでも三十人近い会員が仕事の合間を縫って駆けつけて下さるのだから、やはりペンクラブとは大したものなのである。

世の中には個人的な見返りとは一切かかわりなく、「誰かがやらなければならないこと」というものがある。その使命を体した人がこれだけあった。

そもそも国際ペンなるものは、イギリスの女性作家キャサリン・エイミー・ドースン・スコットの提唱により、第一次世界大戦後まもない一九二一年にロンドンで誕生した。

悲惨な戦争を二度とくり返さぬこと、そしてその戦争に向かう力学が必然的にもたらす、思想の弾圧や表現の制約を、文筆家自身が阻止する。いわば「ペンは剣よりも強し」を標榜する国際組織である。時として反権力団体のごとく誤解されがちだが、けっしてそうではない。

国際ペンの正しい名称は「International Association of P.E.N.」である。「P」は詩人《Poets》と劇作家《Playwrights》、「E」は編集者《Editors》と随筆家《Essayists》・評論家、「N」は小説家《Novelists》を指す。これら文筆業に携わる人々を、言論表現の象徴たる「PEN」にかけたこのネーミングには、今さらながら頭が下がる。

国際ペンの日本センターとして、わが日本ペンクラブが設立されたのは一九三五年であった。当時の日本は満州事変後に国際連盟を脱退し、世界の孤児となっていた。そうした状況を憂えた国際ペンが、リベラルな外交官を通じて日本ペンクラブの設立を要請したことが、政治とはまったくかかわりなく実を結んだのである。

P．E．N．憲章の第一条に曰く、

「文芸著作物は、国境のないものであり、政治的なあるいは国際的な紛糾にかかわりなく諸国間で共有する価値あるものたるべきである」

同第二条に曰く、

「芸術作品は、汎《ひろ》く人類の相続財産であり、あらゆる場合に、特に戦時において、国家的あるいは政治的な激情によって損われることなく保たれねばならない」

また第三条に曰く、

「P．E．N．の会員たちは、諸国間のよき理解と相互の尊敬のためにつねにその持てる限りの影響力を活用すべきである。人種間、階級間、国家間の憎しみを取り除くことに、そして一つの世界に生きる一つの人類という理想を守ることに、最善の努力を払うことを誓う」

こうした理念に則《のっと》った国際ペンからの要請を受けて、日本ペンクラブは創立された。初代会長は島崎藤村であった。

世界がさらなる戦争の時代を迎え、言論弾圧が厳しくなってゆく世相の中で、諸先輩方のご苦労はいかほどのものであっただろう。それでも日本ペンクラブはロンドンの本部と連絡を取り続け、世界の窓口として存在し続けていた。

一九四一年にロンドンで開催された第十七回国際ペン大会への招請状が届いたとき、当時の中島健蔵常務理事は、声涙ともに下る返信を送っている。

「もはやわれわれは連絡することすら不可能な状態にある。しかし、わが日本ペン倶楽部は存在する」、と。

リンツ大会での二日目は、朝の九時から夕方六時まで、ぶっ続けの国際会議である。国連総会を想像していただければよい。

広い会場の後方には同時通訳のボックスが並んでおり、入口でヘッドホーンを選択することができる。開催国がオーストリアであるから、進行はドイツ語で行われる。しかし困ったことに、同時通訳は英語、フランス語、スペイン語の三カ国語だけであるので、早い話が私にとってはどのヘッドホーンも役立たずなのであった。

日本語なら自信がある。作品の性質上、江戸時代にタイムスリップしてもたぶん知らん顔で暮らしていけると思うし、日本国中どこであろうがたちまち方言になじむという得意ワザもある。しかし、なぜか外国語はまるでいけない。

おまけに会議の内容がわからんというだけならともかく、周囲の人々がやたら英語やドイツ語で話しかけてくる。無学を悟られたのでは日本文壇の威信にかかわると思えば、返事くらいはしなければならない。小説家という職業がこんなに疲れるものであるとは知らなかった。

さしあたっての大問題は、私たちがホスト役に回る東京大会である。これから一念発起して、英会話スクールに通おうと誓った。

リンツはザルツブルクとウィーンの中ほどにある、ドナウ河畔の古都である。中世そのままの旧市街をそぞろ歩みながら、さまざまのことを考えた。

小説家としてなすべきたくさんの約束を満足に果たさず、ペンクラブの活動に加わっている私を、周辺の人々の多くは快く思ってはおるまい。しかし私はどうしても、中島健蔵の返信の言葉を忘れることができないのである。

文芸に国境はない。すべての芸術作品は人類の相続財産である。われわれは文化を通じて、一つの世界に生きる一つの人類だという理想を守らねばならない。

政治や経済の交流はいつの世にも活潑に行われるが、国家間の功利が介在する限りそこに恒久平和を見出《みいだ》すことはできまい。やはり異文化の相互理解が、それを実現する唯一の方法であろう。だからこそ戦禍の中にあっても、ロンドンの本部は日本ペンクラブに対して国際大会の招請状を発送し、それを受けた中島は参加どころかこの先は連絡すらも不可能であると知って、「しかし、わが日本ペン倶楽部は存在する」と返書をしたためた。

かつてわが国においては、一九五七年と一九八四年の二度にわたって、国際ペン大会が開催された。川端康成会長と井上靖会長の時代である。そして二〇一〇年、第七十六回大会が東京で行われる。会期は九月二十六日から、大会テーマは「環境と文学——いま、何を書くか」である。

夕焼け小焼け

　私の本分は小説を書くことなのだが、年齢とともにそのほかの仕事が増えてしまって往生している。

　どうにも子供のころから、「誰かがやる仕事」を「自分がやる仕事」と考えてしまう癖があり、よく言うなら責任感が強いのだが、つまるところ要領が悪いのである。

　というわけで、新日中友好21世紀委員会なるもののメンバーを引き受けてしまった。中国を舞台にした小説を勝手に書かせていただいているので、この際に多少のご恩返しができれば、という単純な動機であった。

　新メンバーによる第一回の会合は、二〇一〇年二月七日から北京で開かれた。すこぶる楽観的な性格なので、現実に直面するまでは事の重大さに気付かないのである。で、ふと気付けば釣魚台国賓館の大会議室にチョコンと座っており、私の周囲には日中の各界を代表する著名な人々がズラリと並んでおり、夥《おびただ》しい数の報道陣に取り巻かれていたのであった。二日間にわたる会議のあとは、中南海で温家宝国務院総理との会見だそうだ。むろん予定ぐらいは先刻承知のうえだが、現実が目前に迫るまでは他人事《ひとごと》なのである。内心うろたえながら、しみじみと俺は呑気者だと思った。

ガラス張りの大会議室から眺める釣魚台の庭園は、昨夜来の雪景色であった。その純白の上に群れ遊ぶ鳥はカラスではなく、日本ではとんと見かけぬ鵲《かささぎ》である。

中国作家協会主席の鉄凝《ティエニン》先生は、お名前こそいかめしいが実は妙齢の美しい女性である。

「かつて訪日したとき、たそがれの東京の街に聞き覚えのある歌が流れていました」

と彼女は言い、会議の席上その歌を披露して下さった。

夕焼け小焼けで　日が暮れて
山のお寺の　鐘が鳴る

おててつないで　みなかえろう
からすといっしょに　かえりましょ

日本人ならば誰もが諳《そらん》じている童謡である。古い歌は時代とともに消えていってしまうが、この歌は帰宅の時刻を知らせる合図として、今も日本中の校庭や街角に流れている。彼女はこの歌を、父から口伝てに教わっていたのだった。

　私は手元の資料にある、鉄凝女史の経歴を読んだ。一九五七年、北京生まれ。その一行の記述だけで、私の胸をたしかな想像が被った。

「お父上はどうしてこの歌をご存じだったのでしょうか」

と、私は質問をした。思わず声に出したとき、もしや禁忌を踏んだのではないかと思った。私の想像は日中全委員の想像だったはずだからである。新日中友好21世紀委員会はその名称からもわかる通り、両国の現在と未来とを語り合う会合であり、過去を省みる集いではなかった。

鉄凝さんは私をじっと見つめたあと、まるで示し合わせたような答えを口にして下さった。

「私の父は九歳のとき、華北の農村に進駐していた日本兵からこの歌を教わりました。軍歌か、あるいは宣撫工作のための歌かもしれないと思っていたので、私は歌わないようにしていたのですが、心が覚えていたのです」

それからの鉄凝さんと私とのやりとりは、禁忌を踏むとまでは言わぬが、おそらく会議の主旨をたがえていたと思う。しかし言葉の聖火を握って走るそれぞれの国のランナーとして、言うべきことにはちがいなかった。

『夕焼け小焼け』は望郷の歌である。華北の農村にあった日本兵は、同じ齢《とし》ごろの子供を郷里に残していたのかもしれない。「おててつないでみなかえろう」と歌ったとき、兵隊は幼い少年の手を固く握ったと思う。鵲ですら日が昏れれば森に帰るのに、戦に出たまま帰ることのできぬおのれの身を、歌に托して嘆いたのであろう。

戦争において言葉は無力だが、その名もなき兵隊の口ずさんだ『夕焼け小焼け』は、紛うかたなき芸術であった。少年は意味もわからぬままその歌を覚え、やがて娘に教え、その娘が長じて日本を訪れたとき、歌詞にこめられた真実を知るのである。

鉄凝女史は多くを語らず、明晰な一言で対話をしめくくって下さった。

「文学は時代の鏡、作家は時代の良心です」

ところで私は、近代中国を舞台にした長い小説を書き続けている。第一部の『蒼穹の昴』では外圧に抵抗する西太后の時代を、第二部の『珍妃の井戸』では義和団事件を、第三部の『中原の虹』では東北に覇を唱えんとする張作霖を主人公に据えて書いた。ただいま執筆中の第四部（『マンチュリアン・リポート』）は、その張作霖爆殺事件にまつわるミステリーである。

時代が下れば下るほど、書き方は難しくなる。西太后の時代を知る人はもはやこの世にはいないのだが、ストーリーはとうとう実見者のいる時間にまで到達してしまった。そうした私にとって、鉄凝女史の言葉はことさら重い。

見てきたような嘘をつくのが小説家の特権であるにせよ、実際に見てきた人々に対して責任を負えるだけの嘘がつけるかどうかと思えば、不安どころか恐怖心さえ覚える。

しかし、だからと言ってここで筆を止めるわけにはいくまい。私はどうしても張作霖とともに北京発奉天行きの列車に乗りこまねばならず、その後も日中戦争の戦場を駆けなければならず、共産軍の長征にも従軍しなければならないのである。少なくともそこまでは書き切らなければ、この長い仕事は終わらない。

「文学は時代の鏡、作家は時代の良心」

考えれば考えるほど、この言葉は重いのである。

揚州での閉会式の総括に、私は漢字の重要さについて話した。

日本人と中国人は言葉が通じなくとも、漢字による筆談で意思を交換できる。しかしそれもある世代までの話で、若者たちはたいてい筆談よりも学校教育で習得した英語を使用するらしい。言われてみればなるほど、両国の委員同士は会食の席では、みなさん英語で話し合っていた。つまり私たちの世代ではすでに、筆談よりも英語なのである。

むろんそれはそれで結構な話ではあり、世界の趨勢でもあるのだが、うるわしき筆談の慣習が消えるのはやはり淋しい。おそらく日本人の漢字力が衰え、中国人が簡体字を使用するようになった結果であろうが、最大の原因は何をさておき、手で文字を書かなくなったからではあるまいか。

ひとつの文字にひとつの世界を包懐する漢字こそ、人類最大の発明品だと私は頑に信じている。

減糖減塩

私の幼いころには、「甘い」と「うまい」が同義であった。甘ければ甘いほど「うまい」と信じられていたのである。おそらく諸物価に比して砂糖が高かったせいであろうか、親の目を盗んで台所の砂糖壺に指をつっこむのは日課であったし、駄菓子の味付けはもっぱらサッカリン等の強力な人工甘味料であった。

とりわけ高級品であった角砂糖のサイズは、現在のものよりずっと大ぶりだったと記憶する。大人がコーヒーを飲むときには、そのゲンコツのような角砂糖を三つも入れるので、早く大きくなってコーヒーを飲めるようになりたいと思った。

少し後に出現したペットシュガーも、当初は一袋八グラムか九グラム入りで、それが時代とともに小さくなり、現在では三グラム入りが主流であろう。

昔の人が甘党であったというより、貧しい食生活の中では少しでも必要なカロリーを、糖分から摂取しようという考えがあったのだと思われる。

一方、エアコンも冷蔵庫もなかったから、食卓の主役は塩蔵品であった。干物、佃煮、漬物のたぐいである。スーパーマーケットのない時代に、これら日常の食料品を扱う店はひとからげに「乾物屋」と称された。肉や鮮魚は贅沢品であったから、日々のおかずはあらましここで購《あがな》われたのである。ちなみに、私の生家の隣も大きな乾物屋であった。

それらのおかずの塩辛さといったら、なまなかではなかった。味覚以前に、日持ちのすることが食品の条件であったから、たとえば塩鮭などはそれこそ口がひん曲がるほどしょっぱかった。

流通や冷蔵の機能が整備されて、「甘塩」という名のいくらかマイルドな塩鮭が登場したときには、世の中にこれほどうまいものがあったのかと感動したものであった。

要するに昔の食べ物は、甘いものはものすごく甘く、塩辛いものはとんでもなくしょっぱかったのである。

こうした食生活が、実は体によくないと国民が知ったのは、昭和三十年代も後半になってからであろう。いや、知ってはいても食うことが先決だったのである。

まっさきに排除されたのは人工甘味料であった。たいそう体に悪いということで砂糖に変更されたのだが、偉そうに「全糖」と表示されたお菓子や粉末ジュースは、甘みの足らぬせいでひどくまずく感じられたものであった。

そしてそのころから、「減糖減塩」が国民の合言葉となったのである。

二〇〇九年の十月に国際ペン大会参加のためオーストリアを訪れたとき、まず驚いたのは料理のしょっぱさと、デザートの甘さであった。

同地を訪れるのは三度目だったのだが、以前にも増してそう感じたのは、むろんその間に同地の味付けが変わったわけではなく、日本人の食生活全般が数年の間に、いっそう減糖減塩化されていたせいであろう。

海を持たないオーストリアでは、伝統的に塩蔵品が食されていたので、今日でもすべての味付けが塩辛い。ましてや名だたる岩塩の産地であり、「ザルツブルク」は「塩の町」という意味なのである。

スープだろうがパスタだろうが、とうていしょっぱすぎて食いきれない。そしてデザートには、これまた甘すぎてとうてい食べきれぬ、「ザッハートルテ」や「リンツァートルテ」が登場する。どれくらい甘いかを説明するのは難しいが、たとえば皿を受け取ったとたん、グイと持ち重りがするくらいの砂糖とチョコレートとジャムの塊なのである。

ウィーン名菓のザッハートルテは、国立オペラ座の真うしろにある老舗《しにせ》ホテル『ザッハー』が元祖であるが、そこのカフェで供される実物は、とりわけデカいうえに山盛りのホイップクリームが添えられており、要するにその生クリームでチョコレートの甘みを中和させて食べるというのだから畏れ入る。

はっきり言って私は甘党である。しかしさすがに、この元祖ザッハートルテだけは半分も食わぬうちにゴメンナサイであった。

それにしても習慣というのは大したもので、オーストリアの人々はみな、しょっぱいスープやサラダを食べたあと、豚肉を叩いて揚げた巨大カツレツ「ウィンナーシュニッツェル」をペロリと平らげ、さらに生クリーム添えザッハートルテをウィンナコーヒーとともに完食して平気のへいざなのであった。

しょっぱいもののあとに甘いもの、という理屈はわからんでもないが、糖分と塩分、加えて脂肪分の総摂取量はおそらく日本人の数倍にのぼると思えた。

うまいまずいはさておき、こりゃ体に毒だろう、というのが私の感想である。

そもそも濃厚な味覚で育った江戸ッ子の私がそう思うのだから、総じて薄味の関西出身の方ならば、いっそう強く感じるにちがいない。

おそらく今日の日本料理は、世界に類を見ないほど淡白であろう。

来日した外国人を日本料理で接待する機会はときどきあるのだが、欧米人が最も好むのはテンプラで、理由はむろん日本食としては例外的に油が主役だからである。

中国人は鰻を好む。これも例外的に味が濃厚だからである。麺類は好きだろうと考えて日本ソバを紹介すると、七味唐辛子やワサビを山のようにぶっかけてしまう。「味がしない」というわけである。

なるほど思い返してみれば、私が幼いころに食べた江戸前のソバというのは、今よりもはるかに濃厚なツユであったような気がする。たとえばザルやモリを食べるときも、ソバの端をちょこっと浸して啜ったという記憶がある。それをザブザブと絡めて食べるようになったのは、明らかにツユが薄味になったからである。

そう考えると納得がゆく。テンプラと鰻の蒲焼だけは、マイルドにしようもないから昔日の味覚を今にとどめており、外国人にも好まれる世界水準の濃厚食なのである。

国民生活にいくらか余裕ができたころ、「減糖減塩」が合言葉になった。その結果、高血圧と糖尿病が減って、世界一の長寿大国となった。しかし今も頑に伝統的食生活を守っている世界の人々を見るにつけ、その長寿の対価としてわれわれが支払ったものもまた多いのではなかろうかと思う。

江戸ッ子の祖父はかつて生野菜のサラダを前にして、「俺ァウサギじゃねえ!」とチャブ台を宙に飛ばした。本稿を書きながらふと、その祖父の口癖がまたひとつ思い出されてしまった。

「俺ァまずいものを食ってまで長生きしてえとは思わねえ」であったか、あるいは「いいいか、まずいものを食ってまで長生きしようたァ思うなよ」であったか。

いずれにせよ今さら懐かしいものは、口のひん曲がるほどの、塩鮭の味である。

五十八歳の奇跡

寄る年波のせいか、このところ本稿もかつての精彩を欠き、愚痴と叱言《こごと》に終始しているような気がしてならない。

まあ、私も満五十八歳、算《かぞ》えで五十九歳といえば、紛うかたなく来年は還暦を迎えるのであるからして、かつての精彩を放っていたらむしろ気持ちが悪い。

そこで今回は、齢《とし》相応の喜ばしい話を書こうと思う。

私の旧《ふる》きよき読者は「孫ができた」という報告を予想したであろう。ちがう。断じてちがう。あるいはさらに旧きよき読者は、「子供ができた」と考えたかもしれぬ。しかしそれもちがう。

それらはいずれも喜ばしい話ではあるが、ちっとも奇跡ではあるまい。もっと全然喜ばしい奇跡が、五十八歳の身の上に起こったのである。まあ聞いてくれ。

私はただいま、東北のとある町の旅宿の一室で、歓喜に打ち震えつつこの原稿を書いている。三月とはいえ戸外は氷点下の寒さで、折しも鈍色《にびいろ》の空から雪が舞い始めた。

いったいここで何をしているのかというと、こっそり人間ドックを受診しているのである。おととしの夏に狭心症をわずらい、ステント留置術を施していただいた関係上、また一人娘が長らく同病院に勤務しているという都合上、一週間に及ぶ徹底的な検査を依頼した。自分で言うのも何だが、医者嫌いの私としてはまことに殊勝な心がけだと思う。

人間ドックで喜ばしい結果を見た。しかし健康が証明されたという意味ではない。結果が出るのは二週間も先であるし、心臓にパイプを入れたメタボオヤジに、喜ばしい結果などあるはずのないことはすでに承知している。

第一日の冒頭に、まず身体測定を行った。体重、体脂肪率、腹囲、身長等の基本データである。

まったくここだけの話だが、厳格なカロリー制限をされているはずの私は、なぜかその間に飛躍的な身体的発育を見たのであった。ことにこの年末年始における暴飲暴食、それに続く中国旅行では杯盤狼藉の限りを尽くし、その数値はことごとく史上最大に達していたのであった。

しかし心配には及ばぬ。私は若い時分から一夜漬けの王者なのである。馬にたとえるなら、調教駆けはせずにレースで穴をあけるタイプであり、本業においても締切ギリギリになって「構想何年」みたいな原稿を書き上げる。

というわけで、ドック入り寸前に自衛隊仕込みの運動と絶食を施し、満を持して計量に臨んだのであった。

体重六十七キロ。事前より五キロ減。すばらしい。

体脂肪率二十二パーセント。事前より四・五ポイント減。これもすばらしい。

腹囲七十八センチ。事前より四センチ減。いよいよすばらしい。

これができるくらいなら、なぜふだんから摂生をしないのだという素朴な疑問はさておくとして、その数値は実に「一夜漬けの王者」の面目躍如たるものであった。

計測の最後は、今さらどうでもよい身長である。鼻歌まじりに身長計に乗った。

一七一センチ。いつもより三センチ増。

「あのー、もういっぺん計って下さい」

と、思わず看護師に言った。そのほかの数値はけっして計り直してほしくないが、これだけは納得がゆかぬ。姿勢を正して再計測。

「はーい。いいですかあ。一七一センチです」

私は看護師の声を疑った。五十八歳の奇跡である。去ること四十数年前に成長を止めたまま、その後の測定では常に一六八センチであった私の身長が、どうしたわけか三センチ伸びていた。

「ありえません」

その夜、欣喜雀躍する私の報告を頭ごなしに制して、娘は言った。

加齢とともに骨格の変形や筋肉の萎縮によって、身長が縮むことはあるにしても、この齢《とし》で三センチも伸びるなど医学的にはありえないのだそうだ。むろんその断定の裏には、しばしばつまらぬ嘘をつく父親に対する軽蔑が隠されていた。

小説家は嘘が商売なのである。ときには商売熱心が昂じて、くだらない嘘をつく癖のあることも認める。しかしいくら何だって、五十八歳にして三センチも背が伸びたなどというバカバカしい嘘をつくものか。もしこれが虚偽妄想のたぐいであったとしたら、私の作家生命も尽きたと思うほかはあるまい。

悲しいことに、娘は骨格の変形だの筋肉の萎縮だのという外科学的な解釈以前に、専門たる精神医学的立場から、私の虚言癖を指摘したのであった。

私は反論した。理屈はさておき、ベテランの看護師が病院の計器を使用して計測した数値なのである。この現実を何とする。

「背伸びしましたね。サイテー」

娘はいよいよ軽蔑をあらわにして言った。まあ言われてみれば、たしかに私のやりそうなことではある。一夜漬けの王者であったのと同時に、不正行為の達人であったこともまた事実であった。当然の結果として、授業態度が悪いわりには成績がよく、成績がよいわりには大学受験をことごとく失敗したのであるが、今はそういうことを言っているのではない。私は断じて嘘をついてはおらず、けっして背伸びはしていなかった。

鍋をつつきながらの親子の不毛な対話、もしくは不毛のカウンセリングは一時間に及んだ。

たぶん私は、原稿用紙二百枚くらいの弁明をしたと思う。

嘘でも背伸びでもなく、計測値を正しいものだとすれば、唯一の合理的結論はこれまでの数値に誤認があったということになるのだが、やっぱりそれもありえぬ。なぜならば、身長一六八センチが事実誤認であったとすると、中学高校の計器も、自衛隊の計器も、そのほかばんたび計測した病院や風呂屋や健康ランドの身長計も、すべてまちがっていたことになるからである。そしてこれだけははっきりと言えるが、私はかつて背伸びをしたことはあっても、まさか謙虚な姿勢をとったためしはない。すなわち、もし事実誤認があるとしたら、一六八センチ以下であった可能性は否定できないのである。

夜も更けたころ、娘の下した結論は嘘つきよりも背伸びよりも非情なものであった。

「そこまで言うのなら、五十キロの体重が七十キロになったんだから、きっと足の裏とか頭蓋骨の上とかにも、つごう三センチ分の脂肪がついたのでしょう」

なるほど。たしかにこの現実にすべて整合性を持たせるとなると、答えはそれくらいしか見当たらぬ。

思えば中学三年のときにピタリと身長が止まって以来、百七十センチ超は私の見果てぬ夢であった。

「……よかったわね。おめでとう」

娘の姿を映す窓の外は、春の吹雪であった。そうウンザリとせずに、どうかこの奇跡を信じてはくれまいかと私は思った。

和風回帰

このごろ着物で外出する機会が多くなった。

誓って言うが伊達や酔狂ではない。満五十八歳。面構えが和風回帰し、こりゃどう考えても洋服より着物のほうが似合うのである。地球の重力に抗しえず垂れ下がり始めた顔も、きっぱりとしたハゲも、スーツ姿とはやはり矛盾するのであるが、和服であれば特段の欠点とは思えぬ。いやむしろ、引き締まった精悍な顔よりも、弛んだ顔のほうが着物には向いており、豊かな髪よりもハゲのほうが断然好もしい。

そうした外観上の理由ばかりではない。毎度三日と続かぬダイエットの結果、体型も日ましに和風回帰し、スーツのほぼ半数は使用不能となった。心臓の血管にステントを入れ、一日千六百キロカロリーの誓いを立てたなんて夢であったとしか思えぬ。

そのようなブヨブヨの体に、これまた着物が似合っちまうのである。なおかつ、ラクチンこのうえない。すっかり窮屈になったスーツの着心地に比べたら、その気になれば空も飛べるんじゃないかと思うくらいの開放感がある。

女性の場合はむしろ逆かもしれぬが、男の着物はローライズと決まっているので、下腹に締めた帯の上にタプタプの腹をのっければよく、会食の際など何ひとつ苦痛を感じない。

また、夏は思いのほか涼しく、冬はすこぶる暖かい、というのも着物の特性であろう。考えてみれば当然なのである。長い歴史を経て日本の風土に最も合う形に完成した着物が、着心地の悪かろうはずはない。

それにひきかえ、私たちが洋服を着るようになってから、せいぜい百年とちょっとしか経っていないのである。つまり私たち日本人は、風土適性を犠牲にして機能性を優先させた結果、洋服を着るようになったのであって、その行動力をさほど必要としない年齢に至れば、着物に回帰するほうが理に適っていると言えよう。

早い話が、私はジジイになったのである。

ところでこの着物を日常着として身にまとったのは、私たちが最後の世代だったのではなかろうか。

昭和二十年代なかばに生まれたご同輩は、幼いころたぶんパジャマを着ずに、夏は木綿の、冬はネルの寝間着で床に就いていたはずである。もしかしたら私の生家がいくらか旧弊であったのかもしれないが、寝間着ばかりではなく普段着にも、めいっぱいの肩上げや腰上げをした着物を、ときどき着ていたように記憶する。

小学校の低学年のころであったか、あるとき母がパジャマなるものを買ってきた。それを初めて着て寝床に入ったときの、心地悪さを今もなぜか覚えている。寝間着ではなく洋服を着て寝るような気がしてならなかった。

思えばそのころ、明治生まれの祖父母はいつも着物であったし、父も会社から戻ればまっさきに着物に着替えていた。母はどうであったかよく記憶にはないが、エプロン姿のときは洋服を、割烹着のときにはやはり着物であったように思う。

ことに、昭和三十六年に亡くなった祖母の洋服姿はまったく憶えがない。おそらく彼女は、徹頭徹尾着物で通した最後の世代だったのであろう。どうやらそのころ、着物は日常性を喪失して、特別な装いとされたようである。

ところが私は、その後もずっと着物を愛用していた。読み書きをするのに都合のよいユニフォームとして、夏は浴衣を、ほかの季節にはウールの単衣物を使用していたのである。

そもそも机と椅子などという結構なものは持ったためしがなかった。つまりチャブ台と文机は兼用であったから、読み書きの姿勢は必ず胡座《あぐら》であった。当然のことながら、ズボンでは長時間の胡座に耐えられない。着物がユニフォームだというのは、そうした意味である。

初めて書斎らしき部屋を持ったときには、この古色蒼然たる物書きスタイルを改めようと思い立って、椅子と机を買った。ところが長い間の習い性というやつで、これがどうにも落ち着かぬ。しかも机という局限の上には、古地図だの史料だの辞書だのというくさぐさがそうは置けぬのである。たちまち机は物置と化し、私はもとの文机に戻った。これならば私を軸に据えて、ほぼ三百六十度に文献類を並べ置くことができる。まことに都合がよい。

するとむろん、ユニフォームも着物に戻るのである。小説家と聞いて多くの人々がイメージするであろう「文机」「座敷」「着物」という三点セットは、原稿を生産するうえでの合理的なスタイルなのだと、私はこのころに知った。

かくして今も私は、てめえでもウンザリするようなお定まりの格好で、セッセとこの原稿を書いている。

さしあたっての面倒は、そこいらのコンビニまでちょいと買物に出るときである。ご近所のみなさんは私の職業を知っているので、着物姿でブラブラ出歩いたのでは「いかにも」であろう。買物どころか、宅配便を着物姿で受け取るときだって、ものすごく恥ずかしい。

よって私は、面倒ではあるけれどもコンビニに行くときには着物を脱いでズボンをはき、家人が留守で宅配便の応対をしなければならぬ日には、作務衣かトレーニングウエアを着ることにしている。

だとすると、冒頭の一行はいささか矛盾しているようにも思えるが、ご近所でさえなければ外出は恥ずかしくないのである。

むろんバスや電車はまずい。しかしほとんどの場合、私は自分で車の運転をするので、家の周囲だけをサッと走り抜けてしまえば問題はない。あとは都心のレストランかホテルで、お稽古事の帰りみたいな顔をしていればよい。その際、小説家＝着物という甚だ安易な連想から、面割れ率が高くなるのは当然であるが、それらしくない身なりで面が割れるよりもむしろ心は平安である。

夏は涼しく冬は暖かく、齢《とし》なりの居ずまい佇まいをきちんと演出してくれる着物のありがたさを、このごろしみじみと感ずる。

唯一の短所といえば、せわしない肉体行動に適さないという点に尽きるのだが、そもそもそうした西洋的な生活行為のほうが、日本の風土に適していないとも言える。父祖が千年二千年の長きにわたって育んできた偉大な文化に、ほんのここ百年とちょっとの間、見知らぬ異国の文化が割りこんできたのである。

肉体が衰え、あわただしい時間割から解放されたなら、できる限り和風に回帰することこそが、てっとり早く幸福を確認する方法であろうかと思う。

それにしてもこのごろ、若い時分にはついぞ口に入れなかった煮物などが、妙に好きになった。

家紋のゆくえ

過日、知人からわが家紋を訊《たず》ねられて答えに窮した。

著作のなかばは時代小説、それも捕り方町人物は絶えてなく、すべて幕末期の武士が主人公である。そうした侍マニアの小説家が、おのれの家紋も知らぬのでは洒落にもなるまい。

けっして無知でも粗忽《そこつ》でもない。わが家にはなぜか、代々の家紋が伝えられていないのである。どうやら祖先は立派な侍であったらしいのだが、いったいどこの何者であったのか、伝承がまるでない。いくつかの短篇小説にそれらしき記述をしているのも、実は私の創作なのである。

幼時の記憶をたどると、昭和三十年代までのわが家には、よそにはありえぬ武家の慣習らしきものが残っていた。

たとえば、兄も私も物心ついてからしばらくの間、もみあげの髪を長く伸ばしていた。顋門《ひよめき》の毛を蓄えるという古いならわしで、わが家ではこの毛を「トトゲ」と呼んでいた。これを剃り落としたのは幼稚園の入園時であったと記憶する。

明治三十年生まれの祖母は、正月や節句の折にお歯黒を入れた。着物の片肌を脱いで手鏡に向き、盥《たらい》に唾を吐きながら歯を真っ黒に染めるのである。祖母はこの習慣を「カネを差す」と言った。

ほかにも思い当たることはいくつもあるのだが、つまり百年間の有為転変にかかわらず家のならわしが残っていたのである。

祖父母は大正十二年九月の関東大震災と、昭和二十年三月の東京大空襲で二度も丸裸にされたから、証拠品は何もない。私が触れることのできた家の歴史といえば、人の営みの中に残っていたそれらならわしと、「御一新の折にはひどい目をついた」という意味不明の口伝であった。

つまり、そうした有為転変の末に、家族のいまわしき歴史もろとも、家紋も失われてしまったのである。

生家の玄関には、「下がり藤」の家紋を焼きこんだ引き戸があった。だから私は、長いことわが家の紋所はそれだとばかり思いこんでいたのだが、近年になって兄が言うには、「ありゃあおまい、おやじがテキトーに決めたんだ。知らなかったか」。

知らなかった。衝撃のあまり、私は開いた口が塞がらなかった。家紋は家のシンボルであり、合戦の場ではおのが旗印であるのだ。たしかにわが父はテキトーな人物ではあったが、まさかてめえの家紋をテキトーに決めるほどテキトーな人間であるとは思ってもいなかった。

しかし言われてみればなるほど、その生家の玄関のほかには、「下がり藤」の家紋を見たためしがない。合理主義者であった父は紋付袴《はかま》など持っていなかったし、母のそれは実家の「抱き稲」の紋が入っていた。

墓石にも紋はない。さすがの父も、テキトーに決めた「下がり藤」を、みずから建てた墓石に刻する気にはなれなかったのだろう。

父母は離婚していたので、母が亡くなったときには兄と私で葬式を出し、分骨してそれぞれが新しい墓を建てた。離婚は親の勝手だが、墓は増殖するのである。わが家は祖父母も父母も別れているから、本来はひとつであるべき墓が四つもあって、そのうえ母を分骨したのだから、盆正月の忙しさといったらないまなかではない。

ところで、兄が都心の一等地に奮発した母の墓には、堂々たる家紋が刻してある。なぜか「九曜」の紋所である。

さては私にまさる侍マニアの兄のことであるから、ついにわが家の正しい家紋を発見したのか、と色めき立った。ところが、兄が言うには、「あー、そりゃあおまい、俺がテキトーに決めたんだ」。

衝撃のあまり、思わず小石川の天を仰いだ。兄は父ほどテキトーな人物ではないと信じていただけに、落胆は大きかった。

しかしよくよく考えてみれば、家紋などにこだわる理由は何もない。わが祖が明治維新の折にどんなひどい目に遭ったかは知らぬが、ともかく兄も私も「歴代離婚」の陋習《ろうしゅう》を断ち切って、新しい一族の歴史を記しているのである。さればこそ、都内各所に遍満するわが父祖の墓参も、つつがなくすませているのである。

折しも、紋付袴を新調することになった。腹もすっかり突き出たし、これからは公式の席は紋付袴にしようと思い立ったのである。

わが家の座敷で採寸をおえたあと、呉服屋が家紋を訊《たず》ねたので、私はテキトーに「二ツ輪違い」と答えた。そんな家紋は聞いたためしもない家人は驚愕した。

テキトーに決めたのである。「二ツ輪違い」は京島原に古い暖簾《のれん》を誇る『輪違屋』の紋所で、むろん拙著『輪違屋糸里』にちなむ。

新しい家紋を染め上げた紋付は、いたく気に入った。

幼いころ耳にしたわが家の口伝が、もうひとつだけある。

「おばばさまは、久世大和守が御馬廻役四百石の御家から嫁にきた」

というフレーズである。「おばばさま」とは、祖父の祖母にあたる「おクマ」という人であるらしい。わが家にとってはよほど過分の嫁だったのであろう、四代百年も経て家紋さえなくなってしまったのに、祖父は口癖のようにそう言っていた。

「久世大和守」とは、下総関宿《せきやど》に五万八千石を領した、久世大和守広周《ひろちか》を指すと思われる。幕末期に老中まで務めた譜代大名である。「御馬廻役四百石」は、その大和守様側近の家柄で相当の高給取り、つまりわが家は過分にもその娘を嫁に貰い受けた。

たったワンフレーズだが、彼女にまつわる口伝だけが生きているところからすると、出自が正しいばかりではなく一家を切り盛りしたゴッド・マザーだったのであろう。つまり、この「おクマばあさん」の奮闘も虚しく、わが家は明治維新の際にひどい目に遭ったらしい。

ちなみに古地図を精査してみると、たいそう珍しい私の本姓の家は、現在の台東区東上野の稲荷町に一軒だけ存在する。そのあたりは御書院番組士の大縄地、すなわち拝領屋敷である。同番士は三百俵高であるから、もしこれがおクマばあさんの嫁ぎ先だとすると、いくらか過分な嫁であったのかもしれない。

ともあれ、彼女の孫の孫は「御一新」から百四十年後に家紋を忘れ、あまつさえ家名すら偽って時代小説を書いている。あれこれ調べ物をしているくせに、おのれの祖先については何も知らぬ。今となってはおクマばあさんの墓すらも、所在不明なのである。

もしかしたら彼女は、ひどい時代は何もかも忘れよ、苗字ひとつのほかには家紋も苦労譚も子孫に伝うるべからず、と言い遺したのかもしれない。

父が「下がり藤」、兄が「九曜」、私が「二ッ輪違い」、おのおのの旗印を掲げて人生の戦場を駆けるというのは、さほどテキトーな話ではなかろう。

カナシバリ同好会

かつて「上海の一夜」という稿を書いた（既刊『アイム・ファイン！』小学館文庫所収）。

ずいぶんロマンチックなタイトルだが、その内容は「上海のマッサージ店で施術中に、あろうことかカナシバリにかかった」という話である。

実にくだらん。しかし、くだらん話ほど面白いのがエッセイというもので、いっそうくだらん続篇を書こうと思い立った。

私のカナシバリ歴は長い。だにしても異国でのマッサージの最中にさえカナシバるというのは、まさにベテランの芸域であるが、私のカナシバラーとしての全盛期は二十代のころであったと思う。ほとんど毎晩、体調やストレスとは関係なくカナシバッていた。たまに安息の一夜があると、どこか具合でも悪いんじゃないかと疑ったほどであった。

だいたい寝入りっぱなに、ビシリとくる。見えざる悪魔に抱きすくめられた感じである。身じろぎもできず声も出せず、たぶん数秒かそこいらなのだろうが、ひどく長い時間に思える。

まあ、そんな話は自慢にもならぬので他言はしなかったのだが、何かの拍子に酒席の話材となった。

当時私はファッションメーカーの営業マンで、好景気の折から仕事はたいそう忙しかった。そうした時代にはいよいよふさわしからぬ話材であった。ところが意外なことに、私がみずからをカナシバラーであると告白したとたん、同僚たちの少なからずが、実は俺も、実は私も、とカナシバリ談議に花が咲いたのである。

その夜をしおに、私たちの間には奇妙な連帯感が生まれ、カナシバッたやつは朝の挨拶がてら状況報告をするという習慣が生まれた。

「俺、きのうヤッちゃったよ。いやあ、すごかったなあ」

「私も。かなり強烈だったわ。体が浮き上がっちゃったのよ」

などと、「カナシバリ」という言葉は何となく禁句なので、事情を知らぬ人の耳には相当に怪しい会話に聞こえたはずである。

メンバーの中に、みながこぞって師と仰ぐカナシバラーがいた。

日ごろはてんで仕事ができず、上司に怒鳴られているばかりの内気な青年であった。しかし彼のカナシバリは群を抜いていた。なにしろ毎晩どころか、真っ昼間でもしばしばカナシバるというのである。なるほど言われてみれば、デスクに向き合ったままボウッと固まっていたり、倉庫の薄闇で意味もなく立ちすくんでいる姿を、私も見かけたことがあった。ふしぎなくらいの遅刻癖も、実は通勤電車の中でカナシバるからなのだ、と彼は恥じ入りながら言った。

彼は運転免許を持っておらず、上司が強くすすめても教習所に通おうとはしなかった。ために社内では商品管理の仕事についていた。無口で陰気だが、けっして嘘をつく人間ではないので、彼の語る迫真のカナシバリ譚には、誰もが耳をそばだてたものであった。

彼には双子の兄がいた。そのそっくりの二人がともに卓越したカナシバラーで、六畳のアパートに同居しているというのであるから、状況はすこぶる興味深い。

「あの……どっちかがカナシバれば、すぐに揺り起こせるので……ガキのころからずっと、別々の部屋に寝られなくて……」

などと蚊の鳴くような声で言われれば、彼の「とっておきの話」を聞くためにいつもの酒場に集まったメンバーは、思わず息を詰めたものであった。

「実は何日か前に……ひどいことがあって……信じてくれますか」

メンバーが一斉に肯《うなず》くと、私と同様にまったく酒が飲めぬ彼は、隣の仲間のビールで咽《のど》を湿らせてから怖い話を始めた。

「……月末の棚卸しでくたびれていたんで、きょうはくるな、とわかっていたんです……だから電気を消す前に、よろしくな、って兄貴に言って……兄貴も、わかったよ任せとけって……まあ、よくあるやりとりなんだけど」

双子の兄弟は枕を並べて床についた。ウトウトしかけたところに、案の定ビシリときたのである。

上級者のカナシバリは、悪魔の抱擁だけでは収まらぬ。体ががんじがらめに緊縛されたまま、次第に浮揚する感じがあって、これがまた怖い。

「浮いたか」

と私は訊《たず》ねた。

「はい。もう、めいっぱい……」

ちなみに、私の場合の浮揚感をありていに言えば、抱きすくめている悪魔とはちがう補助役の小悪魔が、敷蒲団をスッと抜く感じである。しかし、師と仰ぐカナシバラーの体験はさすがに格がちがった。

「めいっぱいって、どうなったんだよ」

「……あの、どんどん体がせり上がって行って……豆電球が、これっくらい目の前まで」

まさか、とは思ったが、なにしろ通勤電車の中でもカナシバる師匠の話である。修行の足らぬカナシバラーたちは、かたずを呑んで聞き入った。

「すげえな、それ。兄貴は助けてくれたか」

空中に漂っている弟を、兄が引きずり下ろすはずはない。浮揚感というのは、あくまでそんな気がするだけなのだから。

「もう、怖くて怖くて……必死でもがいたんです……だけど……」

「だけど、どうしたんだよ」

彼はこの体験の告白を悔いるように、しばらく黙りこんでしまった。

カナシバッている本人は、何とかその呪縛から放たれようともがき苦しむのである。そうした際に、気心の知れた双子の兄がいるのは心強い。

「豆電球も通り過ぎて……こう、天井がこれっくらいスレスレ……これをつ

き抜けたらどうなるんだと思って、もがきながら何とか首だけをねじ曲げたら

「……兄貴と目が合っちゃったんです」

豆電球を越えてせり上がった暗い空間に、カナシバッた双子の兄が浮かんでいた。

その瞬間に目を見かわした兄弟の、恐怖と絶望とを想像すれば、私たちに話の続きを聞く勇気はなくなった。

さて、以来三十有余年、私のカナシバリは今も続いている。あの同好会のメンバーがどこでどうしているのかは知らぬが、おそらくは環境によるのではなく、天性の体質なのであろうから、それぞれいい齢《とし》になっても苦労しているにちがいない。

そもそもカナシバリとは、「不動明王の威力によって人を身動きできないようにする修験道の法」であるらしい。しかしどう考えても、そんな術をかけられるほど他人に憎まれた覚えはない。

しかもなお納得できぬことに、わが家はお不動様の檀家なのである。

話にもなりませんわ

温泉地の昨今の凋落ぶりは、目を被うものがある。

みなさんが懸命の努力をなさっておられるのはわかるのだが、海外旅行の隆盛と団体旅行の減少という二大社会事情により、依然として苦戦を強いられているらしい。

「私のおすすめ温泉」というグラビア企画が持ち上がったとき、そりゃ温泉マニアの私にとってはおいしい仕事にはちがいないけれど、いくらかでもわが愛する温泉の力になれれば、と考えたのもたしかであった。

迷わず指名した「おすすめ」は、私が湯力ナンバーワンと信じて疑わぬ上州の名湯である。

この高名な温泉場にはたくさんの共同浴場があり、無料で観光客に提供されている。もちろんもともとは現地にお住まいのみなさんのための施設だが、観光サービスの一環として活用されているのである。

湯畑のほとりにある源泉の共同浴場で、何枚かのスナップを撮影しようということになった。私のおすすめ中のおすすめは、小さいが古調に落ち着いたこの源泉の風呂であった。

まず、湯殿に足を踏み入れたとたん、みごとにコケた。べつに足腰が弱っているわけではない。吹雪に凍えながら宿から歩いてきたので、一秒でも早く湯に飛びこみたかった。

ところが、続いて身を震わせながら入ってきたカメラマンもみごとにコケた。さらには編集者も同様にコケ、このコケ方はたいそう派手で、後日上腕部の骨折が判明したほどであった。

二つの湯舟の片方には、地元の衆とおぼしき人々が入っていたので、私は「すんません、お騒がせしました」と詫びた。しかし客をいたわる言葉のひとつもないどころか、怪訝な顔を向けられたことは心外であった。要するに、(俺たちの風呂におまえらを入れてやっているんだ)という顔をしたのである。私と同世代の、分別ざかりの方々であった。それが彼らの分別だというなら、まあ返す言葉もないのだが。

私のヌード撮影会はものの五分で終わった。地元の人がいかにも迷惑げな空気を漂わせていたので、さっさとすませたというほうが正しい。私たちはそれくらい謙虚な気持ちでいたのである。三人が枕を並べてコケ、うち一人が骨折しても、まさか清掃の不行き届きを責めるつもりなどなかった。私たちは地元のみなさんの生活圏におじゃましている、と考えたゆえであった。

ところが、撮影をすませて湯殿から出た私は、剣呑な声に呼び止められた。以下、心に刻まれたありのままのセリフを、虚飾なく記す。

「おいおい、濡れた体で板の間に上がるなよ。ちゃんと拭け」

ごもっともではあるので、私はまたしても「すんません」と詫びを入れて床の足跡を拭った。骨折した編集者があわてて私の手から雑巾を奪い、床をていねいに拭いた。しかし、そういう私たちにさらなる叱責が追い打つのである。

「そこの貼紙が見えねえのかな。ガキじゃあるまいし」

私は江戸前のわりには短気者ではないのだが、一年にいっぺんぐらいは切れるのである。そのいっぺんがこのときであった。以下、思わず口に出たセリフを虚飾なく記す。

「おっしゃる通りガキじゃねえが、そういうおめえもガキにゃ見えねえぞ。そのガキの時分からこちらには通わしてもらっているが、おめえのおやじは俺のおやじの足跡を黙って拭いたはずだ」

言ったとたんに口が腐ってしまった。売り言葉に買い言葉だとは思ったが、やはり大人の雑言は気の晴れるものではない。


さて、その数カ月後のことである。東北での出仕事の帰りがてら、ふと思い立って途中下車した。近くの温泉で体を休めようと考えたのである。

その温泉場は近年の凋落ぶりがことに甚だしく、町のたたずまいがあんまり悲しいので、短篇小説の舞台にしたほどであった。夏競馬の開催中に仲間と投宿したことはいくどかあったが、たまにはぶらりと立ち寄るのもよかろうと思った。べつだん不純な動機ではあるまい。私には何の落度もなかったと思う。

新幹線の車内から、温泉の観光協会に電話を入れた。以下、分別ざかりとおぼしき男性とのやりとりを虚飾なく記す。

「もしもし、きょうのきょうで相済みませんけれど、お宿の手配をお願いします」

「はい。あ、ちょっと待って下さいよ」

電話をほっぽらかしたまま、雑談と笑い声がしばらく続いた。

「お待たせしました。えーと、今晩ですね。何名様でしょう」

「一人です」

すると、てんで物も考えずに邪慳な答えが返ってきた。

「あー、そりゃダメです」

「え？　観光協会ですよね。ダメって、どういう意味でしょうか」

「空いてる空いてないじゃなくて、お一人さんはダメです。そりゃ、話にもなりませんわ」

まことに信じ難い話ではあるが、「話にもなりませんわ」というセリフを、私はたしかに聞いた。

ぶち切れる間もなく電話は勝手に切られた。「話にならねえのはてめえのほうだ」と言いたかった。

たしかに、一人旅の客は面倒であろう。一人も二人も客あしらいの手間は同じだからである。あるいは、一種の伝説のたぐいかもしれぬが、自殺防止のために旅館は一人旅の客をとらない、とも聞いている。

しかしどうであろうか。きょうび温泉宿を死に場所に選ぶような、ロマンチックな自殺志願者はそうもいないだろうし、それよりも何よりも私がかつて見た限り、その温泉場が客の選り好みをするほど繁盛しているとは、どうしても思えなかった。

ラスベガスのホテル王スティーヴ・ウィン氏に、経営の秘訣を訊《たず》ねたことがある。

「ゲストの要望にけっしてノーと言わない」

彼は即座にそう答えた。無礼で強引なインタビュアーに対する気の利いたジョークだと思っていたが、こうして考えてみれば正しい回答であったのかもしれない。

二〇〇三年の夏のことで、思えばそのとき彼は『ベラージオ』をMGMに売却し、かわりに『ウィン』を建てようとする正念場であった。世界中のホテル業界が、彼の一挙一動に注目していた時期である。それでも急なインタビューの申込みに、ノーと言わないどころか、秘書も広報も同席させずに二時間をさいてくれた。

二頭のドーベルマンを連れてエレベーターまで私を送ってくれた彼の満面の笑顔と、「シー・ユー・アゲイン。グッド・ラック！」の声が、今さら懐かしく思い起こされる。

やはり温泉地の凋落は、社会事情のせいばかりではあるまい。大地の恵みと繁栄の記憶がホスピタリティーの本質を忘れさせ、知らず「ＮＯ」という声になっているのである。

貴族的ふるまい

近ごろはつとめて大声を出さぬよう、粗野な言動は慎むよう心がけている。

ということはもともと言動が粗野で、なおかつ声がデカいのである。

外国の作家と会う機会が増えて、彼らが一様に持つ上品さに気付いた。何も私たち日本人の作家が下品なわけではないが、どうやら諸外国ことに欧米では小説家という職業自体に敬意が払われるらしく、したがって彼らはおのずと「貴族的ふるまい《アリストクラティック・ビヘイビア》」を身につけるらしい。

その点わが国では、明治以来の自然主義文学が王道とされているせいであろうか、小説家に社会性はさほど要求されず、むしろ反社会的とも見える個性こそが小説家的であると考えられている。すなわち貴族的ビヘイビアなどは読者に対する背信であり、文化人と芸能人の中間ぐらいに位置していることが、好もしい作家像なのである。

しかし、そうは言っても五十八歳数カ月、もしや来年は暦がひとめぐりしてくると思えば、反社会的な個性も褒めたものではあるまいと考え直し、つとめて大声を出さぬよう、粗野な言動は慎むよう、おのれに命じたのであった。そしてこの自己改造をひそかに、「浅田次郎真人間計画」と私は呼ぶことにした。

この計画の実験場として最もふさわしい場所は、競馬場のスタンドである。たまに競馬場へと足を運んでも、めったに馬券など買わず、レースを尻目に食事をしたり社交にいそしむというのが貴族的ビヘイビアにちがいないが、それは無理。せめて今までのように、全国で開催されているレースの馬券を、三十六レースすべて十分ごとに買ったりしないとか、読者にサインを求められても「それどころじゃねえ」と言って拒否しないとか、ゴール前に「そのままー！」などという奇声を発しないとか、そういうことが私の実行しうる貴族的ビヘイビアなのである。

にもかかわらず、私は叫んだのであった。忘れもしない、第三回阪神競馬三日目第八レース。狙いすました三連単フォーメーションの第三着に、これは高配当と思える超人気薄の馬が差しこんできたのであった。紙数の都合上細かな説明はできぬが、要するに「三連単」というのは一着から三着までを着順通りに当てるという天文学的確率の馬券であって、これに人気薄の馬が絡むと宝くじのような配当となるのである。

朝から実践してきた「真人間計画」などはたちまち霧散し、「サッセー！」と私は絶叫した。で、鮮やかに差したのである。予想配当は奇しくも六六六六倍の六並び。要するに百円が六十六万六千六百円に化けたわけで、私はその馬券を二百円も持っていた。これを叫ばずにおられようか。二百円が百三十万円に変われば、どんな真人間だって、貴族だって叫ぶはずである。

また、大穴であればあるほど特定少数の人間が絶叫するのは当然の原理であって、ここまでの高配当ともなれば、その瞬間の奇声は見渡す限りのスタンド中、私ひとりであった。

欧米の競馬場ではこうした場合、周囲の観客が祝福してくれたり、握手を求めたりする。スタンドそのものが貴族的ビヘイビアに満ちているのである。しかし伝統的に、けっして社交場ではなく鉄火場であるわが国の競馬場においては、嫉妬と羨望のさらしものになる。そのさらしものが、すこぶる面の割れている小説家であった。

しかし、この際そんなことはどうだっていいのである。私は本能の命ずるままに、かつ日本的競馬オヤジの伝統に則《のっと》り、まずバンザイを三唱し、同行者たちやそこいらの人々に的中馬券を見せびらかした。

と、ここまではたいそうめでたい話なのである。

「あのー、浅田さん。それ、まちがってません？」

気の毒そうに私を見上げた同行者が、小声で囁いた。悪い冗談だと思いつつ馬券を確認すれば、あろうことかフォーメーションの「軸馬」に、まるでちがう数字が記されているではないか。

私は二度絶叫した。痛恨のコスリまちがいであった。

競馬をご存じない読者のために、思い出したくもないけれど多少の説明をする。

すっかりデジタル化された今日の馬券は、マークシートという投票カードの買い目をペンで塗り潰して、販売機に託するのである。三連単フォーメーションという種類は、一着から三着までの予想をマークする。そして世界一の多頭数によってレースが行われるわが国のマークシートは、このマーキングする枡目がすこぶる小さい。

その第一着にマークした二頭のうちの一頭が、予想とは似ても似つかぬ数字であったのだ。マークシート方式の導入後しばしば起こるこの悲劇を、競馬ファンは「コスリまちがい」と呼ぶ。

私のヘコみようといったら、ただごとではなかった。あまりの痛恨事に、周囲からは失笑も起こらず、私はただ土壇場に引き出された罪人のごとく、衆目の憐愍《れんびん》に晒《さら》されたのであった。

うなだれながら私は、貴族的ビヘイビアのいかに大切であるかを、このとき思い知った。

それにしても、あんがい几帳面で用心深い性格の私が、しばしばコスリまちがいをするというのは、いったいどうしたことであろうか。

ひとつは、十分間おきに三十六レースをすべて買おうとする、生理学的にも数学的にも無理な行為のせいである。しかし、書斎に蹲《うずくま》り続けるストレスをたまに解消しようとすれば、その無理もまた無理からぬ話であろうと思える。

老眼。これもまたいかんともしがたい。競馬用に誂えた、遠視部分が厚い遠近両用メガネまで持っているのだが、さほどの効果はない。

しかし何よりも致命的であるのは、あのマークシートの枡目の小ささであろう。原稿用紙の枡目はデカいのである。私は日ごろ、古色蒼然たる作家スタイルで、原稿用紙に文字を書いている。しかも、枡目からはみ出すくらい字がデカい。

ちなみに、愛用しているオリジナル原稿用紙の枡目は、縦が一センチ、横が一・三センチで、市販のものより大きい。しかし晴れて原稿を書き上げ、競馬場に向かえば、一枡が縦四ミリ、横一ミリのマークシートが私を待ち受けているのであった。まちがいが起きぬほうがおかしいのである。

やはりおのれのミステイクを、ストレスやメガネやマークシートのせいにするのは、貴族的ビヘイビアに悖《もと》るであろう。

そこで、ためしにうんと小さい原稿用紙を誂えてみようと思うのだが、さていかがであろうか。

堕落論

二〇〇八年の夏に心臓発作で命拾いし、固い誓いを立てた。

①仕事の量を減らす。②運動を心がける。③禁煙。④一日千六百キロカロリーの食事制限。⑤六種類の薬をきちんと飲み続ける。

ステント留置術を施して下さった担当医、およびときどき里帰りをする便利なホームドクター、そして月に一度通っている近所のかかりつけ医、という三人の医師の話を総合すると、共通項としてこの五つがあるとの判断から、「固い誓い」となったのである。

結論を正直に言うと、退院直後の新幹線の待ち時間に、まず③を破戒。帰宅したとたんに①を破戒。すると自動的に②も破戒。④は一週間後から始まった快気祝の会食をきっかけとして破戒。⑤については今日も励行しているのだが、どういうわけか薬の残量が毎度まったく合わなくなる、という怪現象に悩んでいる。つまり、けっしてきちんとは飲んでいないのである。

今にして思えば、北国の病室で五戒を誓ったときの私は、ほとんど聖人に近かった。誓いはほかにも、「編集者をみだりにいじめない」とか「急がない、怒らない」とか、「三連単は買わない」、とかいろいろと書き留めた記憶があった。

早い話が一月も経たぬうちに誓いはことごとく破れ、私は堕落し、私の周辺には平和が戻ってきたのであった。

そんな過日のこと、六種類の薬のうちやっぱり一種類だけがなくなったので、かかりつけの医院を訪ねた。

たまさか午後の遅い時間で、医院はすいており、医師は血液検査の結果を分析しつつ、私の懺悔をゆっくりと聞いてくれた。

「まあ、いろんな数値が高いのはたしかですが、カロリー制限と毎日の運動を心がければ、すぐに正常値に戻る程度ですよ」

その一言で私は燃えた。カロリーを燃やさずに闘志が燃えるのはしばしばであるが、よし今度こそ聖人とまでは言わぬけれど、真人間になろうと思った。

まず何よりも、このところの体重増加により、夥《おびただ》しいスーツやズボンやシャツが、八割方使用不能となっているのである。実にここだけの話だが、私が近ごろやたらと和服姿で外出するのは、着ることのできる洋服がなくなったからであった。

浅田ハゲ次郎、という蔭口は耳にしている。しかし、浅田デブ次郎と呼ばせてはならぬ。長きにわたってアパレル業界に身を置いていたおかげで、着ヤセする方法は一冊の本が書けるくらい心得ているのだが、いよいよその技術も限界であった。

などと考えつつ、小腹が減ったので駅前のショッピングセンターをうろつき、低カロリーにちがいない「さぬきぶっかけ」を食べよう、と思った。

しかし暖簾を分けようとしたまさにそのとき、「デブの元凶は炭水化物」という昨今の常識をふと思い出した。そこで踵を返し、「さぬきぶっかけ」よりもたぶんマシな「かけそば」の立ち食いにしようと考えた。しかしまたしても暖簾を分けようとしたまさにそのとき、「揚げ立てテンプラ」の荘厳かつ豊饒な香りが鼻をついたのであった。

テンプラは好きだ。無人島に何かひとつだけ持って行けと言われたら、迷わず「テンプラ」と答えるくらい好きだ。揚げ立てテンプラの山の前でかけそばを食うなんて、パリに行ってルーブルを観ないくらい悲しい話である。

再び踵を返すと、その隣はパスタ専門店であった。これも炭水化物にはちがいないが、量からすればたぶん「さぬきうどん」より少なく、まさか揚げ立てテンプラもあるまい。オリーヴオイルは体によいという説もあるし、ニンニクは血液をサラサラにするとも聞いている。

よし、これこそが真人間の行いだ、とドアを開けようとしたところで、ふと考えたのである。同じイタメシならば、はっきり言ってスパゲッティよりもピザのほうが好きだ。そういえば歩いてきた途中に食い放題のピザ屋があった。

誤解しないでほしい。ここで言う「食い放題」とは、「いくらでも食う」という意味ではなく、「ちょっと食うだけでもよい」のである。さぬきぶっかけもテンプラそばもスパゲッティも食わず、薄っぺらなピザをちょっとだけ食べて小腹をごまかす。真人間の行いである。

食い放題八百いくらの前金をレジで払うとき、何となく堕落を感じたので、飲みものはジンジャーエールにもコーラにも見向きもせず、「ウーロン茶」と宣言した。

ピザは小さめのカットを二枚。あらゆるファストフード中の最高傑作と信ずるこの店のフライドポテトも二枚。ちなみにこの逸品はスティック状ではなく、アメリカ製のアイダホポテトを輪切りにした丸揚げである。かわいそうなくらいの少量を、たとえばオクラホマの田舎町の退役軍人みたいに、窓際の席で食べた。

ところが食い終わったそのとき、キッチンから大声が上がったのである。

「アンチョビとコーン、エビとベーコン、焼き上がりました！」

私が食い終わった皿を持って走ったのは、条件反射というべきであろう。ピザのあらゆるトッピングの中で、アンチョビ、コーン、エビ、ベーコン、というのは私の最も好むところであった。いや、それはともかくとしても、ピザは焼き立てに限るのである。窯から出してパンパンパンと包丁で切ったばかりのピザは、トッピングの何にかかわらずうまい。

都会育ちの私のピザ歴は、かれこれ五十年に及ぶのである。いわばパイオニアである。その誇りにかけてでも、私は焼き立てピザをほぼ占有しなければならなかった。ついでに隣にあった揚げ立てポテトも、同様の理由から占有することとなった。

山盛りの皿を抱えて席に戻る道すがらふと見ると、「カレーライス」「スパゲッティ」のコーナーがあるではないか。この店のカレーはうまい。スパゲッティは特筆するほどではないにしろ、ついさっき食うはずであった。という甚だ論理性に欠ける理由により、私の卓上には、摂取カロリー三日分くらいの炭水化物と脂肪が並べられ、時ならぬ、また思いがけぬ聖餐が始まったのである。

「士、窮すれば乃《すなわ》ち節義を見る」

という古い言を思い出した。男たらん者は苦境に陥ったときに、初めて節操を守らんとし、真実を見据えるのである。つまり、そうしたときに節義を見出《みいだ》さざるか否かが、堕落せざるか否かの分かれ道で、おのれの人格とその後の人生は、ここに問われるのである。窮したときほど正念場と心得るべきなのであろう。もっとも、食うか食わざるかに節義を求めるとは、贅沢な世の中になったものである。

カロリーのすべてが大脳の運動で消費されるのなら、問題は何もないと思うのだが。

ともあれその日、私は堕落した。

招かれざる客

原稿の締切が重なって錯乱状態に陥り、軽井沢の山荘へと走った。電話がかからぬ。宅配便がこぬ。郵便物が届かぬ。朝夕の新聞すら配達されぬ。むろんセールスマンも宗教の勧誘も訪れるはずはない。

つまり、執筆を中断せしめる敵は飢渇だけという環境であるから、たちまち脳内の混乱は終熄し、のみならず想像の翼も思うさま拡げられて、仕事の計《はか》がゆく。

ふつう別荘というものは、仕事で疲れた体を休めにゆくところだとは思うが、悲しいかな私の場合はいつもこうした使い方なのである。

書斎は辛夷《こぶし》や白樺の下枝《しずえ》を目の高さに見る中二階にあって、その窓から望む初夏の庭はわけても美しい。かつて本稿でも自慢をしたと思うが、景気のよかった時分に勢いで買っちまった別荘である。謄本によれば最初の持ち主は明治の元勲桂太郎公爵で、なるほど一見したところ天然の森であるが、樹木の配列が絶妙であった。そこで後先かまわず買っちまったのだが、百年の庭は手入れが大変なのである。

　もっとも、使用方法は前述した通りであるから、私が手入れをするわけではない。だからこそ大変なのである。原稿に倦《う》んじ果ててふと窓外の風景に目をやると、何だかこの庭の手入れと固定資産税のために仕事をしているような気になる。森の主ではなく、召使いである。


　今年は春先からずいぶん手をかけたので、常にもましてうるわしい青葉の季節を迎えた。

　一面の青苔の上に初夏の木洩れ日が縞模様を描き、そちこちに蕾を膨らませた山百合が生い立っている。それらが一斉に白い花を咲かせるのも、まもなくのことであろう。そのときには仕事を持たずに訪れて、日がな一日庭を見て過ごそうと私は思った。

　と、そう思ったとたんに事件は起こったのである。

　木の間《こま》がくれのずっと先に、二つの黒い影を発見した。このごろ老眼どころか近眼もとみに進んで、メガネの度が合わぬ。

庭師が雑草を抜いているのだろうと思ったが、それにしては動きが怪しい。地面に這いつくばるようにして、もそもそと働いている。細かいことを言いすぎたのかもしれぬ。

二つの影は少しずつ近付いてきた。何もそこまでやることはありませんよ、と声をかけねばなるまい。そう思って腰を上げかけたとたん、私は「アッ」と叫んだ。木洩れ日に姿を晒《さら》したのはマメな庭師ではなく、二頭の巨大なイノシシであった。

体長は一メートル超、たぶん目方は私と同じくらいの番《つがい》である。しかしいかにも体脂肪率の低そうな、筋骨隆々たる体軀を持っている。剽悍《ひょうかん》な野武士のイメージであろうか。

はっきり言って、ケダモノは好きだ。その好きさかげんも、愛玩ではなく愛着と言えよう。てめえがケダモノなので、愛玩するのではなく同種の愛着を感ずるのである。

庭にはそれまでもしばしばケダモノが出現して、私を欣喜させた。サル、タヌキ、キツネ、テン、リス、ヤマネ。しかしイノシシはさすがに初登場であった。

かわゆい。たまらなくかわゆい。ケダモノ好きにとっては、図体がデカいほどかわゆく思えるのである。ためにかつてインドでは象の鼻パンチを見舞われ、オーストラリアではカンガルーに金的蹴りを食らった。

この際だから、ともかく仲良しになろうと思った。私の体からはケダモノ・フェロモンが出ているので、象は鼻の届くところまで、カンガルーは足の間合いまで近寄ってくる。ただし残念なことに、人間とりわけ女性にはまったく無効のフェロモンであった。

しかし、そう思って立ち上がったのもつかのま、私の愛情はたちまち憎悪に変わった。あろうことか二頭のイノシシは、蕾の膨らんだ山百合を踏み潰し、鼻先で地面を掘り起こしているのであった。

百合根がおいしいということくらいは知っている。だがそれは、人間様が料亭でいただくものであって、ケダモノが食い散らかすものではない。ましてや、ほどなく私の庭を白くたおやかに彩る百合なのである。

「ヤロウッ！」

久しぶりにキレた。片袖たくし上げ、まさか万年筆では太刀打ちできぬので、暖炉の脇の薪を振りかざして庭に飛び出せば、二頭のイノシシは不敵にも逃げるどころか、私を睨みつけながら百合根をポリポリと咀嚼しているのであった。

こうした場合、深い愛情の分だけ憎悪がつのるのは人間の男女も同じである。今晩はシシ鍋にしよう、と私は思った。百合根もうまいがシシ鍋もうまい。百合根を食ったシシならば、ものすごくうまいにちがいない。

すると、さすがに殺気を感じたらしく、イノシシは身を翻すや森の奥に駆け去ってしまった。

庭は惨憺《さんたん》たる有様であった。ローラーをかけた青苔は引き剝がされ、百合根は食いつくされていた。なお腹立たしいことには、泣く泣く後始末をしている私の背うしろを、何を思ってか地響き立ててイノシシどもが往還するのであった。

この次の連載小説は、戦国時代を舞台とした「野ぶせりと農民の物語」（仮題）にしようと思った。


さて、その翌る朝のことである。

暗いうちに起き出して書斎にこもり、セッセと原稿を書いていると、またしても庭先で油断のならぬ物音がする。そっと障子を開けて、私は目を瞠《みは》った。

イノシシの群れである。父母らしき二頭と、ウリンボが四頭。おそらくきのうの番が、私をなめくさって子供まで連れてきたのであろう。

私は錯乱した。いったんは憎悪に転じた愛情が、再び燃え上がった。動揺してはならぬ、人間の男女にもままあることではないかと、私は気を取り直した。

「かわゆい♡……」

思わず呟いた。近ごろは日本語が貧困になって、あらゆる賛辞がこの一言で表現されるようになったが、こればかりはほかに言いようがなかった。

庭が荒らされてゆく。百合根はひとつ残らず掘り起こされ、夏の盛りには紫色の花を咲かせる擬宝珠《ぎぼうし》の根までも、ウリンボの餌となってしまった。

見とれているうちに夜が明けてきた。イノシシの一家は中二階の窓の私に気付くと、申し合わせたように顔を上げた。ごちそうさま、と言ったのかどうか、それから父親を先頭にして、霧の立つ森の奥へと消えてしまった。

私は書きかけの原稿の上に頬杖をつき、彼らの目に映った一頭のケダモノについて、しばらく考えた。

続・消えた二千円札

かつて本稿に、「消えた二千円札」と題する小文を寄せた。欧米では二十ユーロ札や二十ドル札が紙幣の主役として流通しているのに、その単位に匹敵する二千円札がほとんど市場から消えてしまったのはなぜだろうか、という考察である。追ってお読みになりたい方は、既刊『アイム・ファイン！』に収録されているので、買えとは言わぬが立ち読みしていただきたい。

さて、そののちの二千円札の運命は、今さら述ぶるまでもあるまい。いったい誰がどこに退蔵しているのやら、今日ではまったく見かけることもなくなり、ついには行きつけの銀行の両替機からも消えてしまったので、私の「二千円札流通運動」も潰《つい》えてしまったのである。

過日、愛媛県松山市で講演をおえた晩、主催者の皆様が演者を囲んだ一席を設けて下さり、「地域経済を活性化させる方法」について語り合った。宴はたけなわとなって談論風発、ついに私はかねがね考えていたアイデアを開陳するに至ったのであった。

二千円札が消えてしまったのは、やはり肖像画がないからありがたみに欠けるのだ。だったらこの際、各都道府県の偉人を描いた四十七種類の自治体二千円札を発行する、というのはいかがであろう。郷土の偉人英傑ならばありがたみもひとしおであるから、地域の消費経済に寄与すること大であろうし、当然コレクターも現れるので観光客の全国的な交流も盛んになる。経済規模の小さな自治体ほど発行量は少なくなるはずであるから、その稀少価値を求めて観光客が押し寄せるのである。

ご当地の肖像画となる人物をどのように選出するかは自由だが、おそらくそれぞれの経緯は全国民にとって興味深く、日本中が明るい話題で沸き立つにちがいない。地方の過疎化も不景気も、政治とカネの問題も大相撲の八百長発覚も、ともかくカネを汚いものとしか捉えられなくなったこのご時世に、すばらしい効果をもたらすのではあるまいか。苦悩を笑いに変え、楽しくもありがたい「お札」を造り出そうではないか、と私は力説した。

そもそもこの話題がどこから始まったのかといえば、ご当地松山市は『坂の上の雲』のブームに沸いており、かの正岡子規の横顔が市内に氾濫していた。おお、考えてみればあの有名な写真こそ、愛媛県版二千円札の肖像にふさわしい、と思いついたからであった。

そこで、私がかくかくしかじかと持論を開陳すれば、まあ多少は酒の勢いもあったが、座は大いに盛り上がったのである。宴席はたちまち、「全国二千円札肖像画予想会議」と化した。

まず、どのような選定方法をとろうが初めから結果がわかっている県がいくつかある。

鹿児島県の「西郷隆盛」。ほかに考えようはあるまい。これに大久保利通を少量だけ発行して「ジョーカー」としての話題性を作る、というアイデアもあった。

高知県の「坂本龍馬」。これもまったく異論なし。なにしろ空港の名称だって龍馬なのである。

茨城県の「水戸黄門」。すかしに三葉葵の御家紋を入れる。何となく地域限定とならず、全国を漫遊しそうな気がする。ちなみに私は個人的趣味から「芹沢鴨」を主張したのであるが、たちまち一座の非難を浴びた。

ほかにも、山梨県の「武田信玄」、宮城県の「伊達政宗」、熊本県の「加藤清正」あたりはほぼ確定的であろう。どうやら「お殿様札」が多くなりそうな雲行きである。

一方、激戦区となるのはやはり大都市としての歴史を持つ自治体で、どこもモメにモメた。

東京都。わが出身地ながら頭を抱えてしまう。やはり個人的には「近藤勇」と言いたいのだが、首都の代表としてはいささか厳しく、せいぜい多摩地区のローカル紙幣というところが妥当であろう。それがダメなら個人的には、「幡随院長兵衛」「新門辰五郎」「初代市川団十郎」等々、ともかく生粋の江戸ッ子を挙げたいのであるが、結局のところ「徳川家康」という決着を見た。

大阪府も候補者は枚挙に暇ないが、東京がそうくるなら、意地でも「豊臣秀吉」を立てるほかはなかろう。

だとすると愛知県は「織田信長」で決まりか。いや、東京大阪に追随するを潔しとしない県民性からすると、あんがい「豊田佐吉」の逆転勝利があるかもしれぬ。

二者択一で苦悩するのは岩手県。「宮沢賢治」か「石川啄木」か、県論まっぷたつというところであろう。しかし、いずれにせよ紙幣の肖像とするにはいささか貧乏くさく、「新渡戸稲造」の降格も何だし、ダークホースの「原敬」という可能性もありうる。県民投票の結果「小沢一郎」が当選したらどうしよう。

「卑弥呼」をめぐって、奈良県と福岡県はモメるにちがいない。冷静なる話し合いの結果、どちらも譲らずに奈良県は「中大兄皇子」もしくは「藤原鎌足」。実はこの県、べつに卑弥呼にこだわらなくても適格者はいくらだっている。しかし一方の福岡県は、卑弥呼をはずすと「菅原道真」が登場すると思われるが、流刑同然に左遷されてきた他県人はいかがなものかと喧喧囂囂《けんけんごうごう》、「松本清張」では没後間もないし、だったら同じ小倉で「無法松」という離れ技はいかにもご当地らしい。しかし、無法松には肖像がないので、モデルを阪東妻三郎にするか三船敏郎にするかで、さぞ紛糾することであろう。

難しいといえば、どこよりもまず北海道である。歴史が浅い分だけ偉人英傑にふさわしい人物の選定は難しい。個人的趣味からすると、またしても「土方歳三」と言いたいが、たぶんボツ。すると、「榎本武揚」「クラーク博士」あたりが擡頭《たいとう》しそうだが、前者には「降伏」のマイナスイメージがつきまとい、後者は先に島根県が「ラフカディオ・ハーン」を指名するだろうから、外国人二人はいかがなものか。ううむ、実に難しい。

一見難しそうに思えて、あんがい納得のゆく人物は千葉県の「伊能忠敬」と埼玉県の「渋沢栄一」。文句なしの偉人であるし、その出身地を全国に知らしめるためにもこれはぜひ実現させていただきたい。

などと、議論百出すること三時間、宴席は実に楽しくなごやかにお開きとなった。まさか実現するとも思えぬが、ともすると愚痴や慨嘆ばかりになる今日の酒席には、まことおあつらえむきの話材であった。

われわれはみな等しく、ふるさとに生まれ祖国の歴史を築き上げた先人たちに対する敬意を、忘れているのではあるまいか。紙幣の肖像はただ偉人を顕彰するためのものではなく、彼らの努力の結果としてわれわれが生きる糧を購《あがな》えるのだと、常に自覚するために描かれているのである。

さて、読者のご当地の二千円札には、誰がふさわしいであろう。

おまわりさんは、どこ？

京都先斗町の料亭で懐石膳を囲みながら、バングラデシュから来日した作家が質問をした。

「警察官の姿が見えませんが、どこにいるのでしょう」

九月二十三日から八日間にわたって開催された文学フォーラムと国際ペン東京大会をおえ、希望者は三日間の旅程で京都セミナーに参加した。世界の八十カ所からおよそ三百人もの文筆家を集めた、長きにわたる国際ペン史上でも最大規模といえる大会であった。京都に向かった外国作家も六十人を超えていた。

その間、参加者からさまざまの感想や、日本の印象について聞いたが、さすがに「おまわりさんはどこにいる」という質問は意外で、とっさには意味がわからなかった。

幸い隣の席には、文学フォーラムの総監督を務めたY氏がいらした。彼はすこぶる英語に堪能である。

「日本には交番という小さな警察署があちこちにあって、警察官はそこに常駐している。何の心配もない」

というようなことを、彼は答えた。まったくその通りで、ほかに説明のしようもないのだが、バングラデシュの作家はどうにも納得がゆかぬ様子であった。

「しかしあまり姿を見かけない。やはり不用心ではないのか」

「いえいえ、日本の治安のよさからすれば、これで十分なのです」

まだ納得しない。どうやら来日してからずっと、警察官が見当たらぬ町に不安を感じていたようなのである。

日本の印象について多くの外国人は、等しく「清潔感」を口にする。然りである。屋内屋外を問わず、これほど隅々まで掃除の行き届いている国はあるまい。外国人旅行者ならずとも、海外旅行から帰ったとたんわれわれですらそう感じるのだから、明らかな日本の第一印象といえよう。

しかし、おまわりさんの数というのはなかなか気付かない。考えてみればたしかにその通りである。治安のよい先進諸国でも、警察官はやたらと街なかをパトロールしている。ロスやニューヨークの警察官は数が多いばかりではなく、ただならぬ緊張感を漂わせている。ライフルやマシンガンを構えた警察官が街角に立っている国も、そう珍しくはない。むろん実数が少ないわけではなかろうが、日本のおまわりさんがさほど目立たず、しかもすこぶるやさしくて、市民に対し懇切ていねいであることはたしかなのである。

食事のあと、先斗町入口の四条交番で旅行者の道案内に忙しい警察官を見ながら、かのバングラデシュの作家は、「制服を着た市民ボランティアではないのか」と言った。

私の手元にある『警視庁史』（昭和三十三年刊・非売品）によれば、交番所なるものが初めて設置されたのは、明治十年ごろであるらしい。「ごろ」というのは、明治初頭にはあらゆることが試行錯誤の連続であったから、はっきりとわからんのである。

たとえば東京の治安ひとつにしても、まず当初は東京府がこれにあたり、じきに司法省に移管され、明治七年に東京警視庁が創設されたが、またすぐに内務省の所管となるというめまぐるしさであった。末端組織の警察署もそれに従って、「邏《ら》卒《そつ》屯所《とんしょ》」「巡査屯所」「分庁署」「方面署」「警視分署」と名を変え、ようやく「警察署」という名称に定まったのは明治十四年になってからである。

またその間には、西南戦争に出征するための大増員、憲兵制度発足に伴う大異動等があって、早い話が朝令暮改のグッチャグチャであった。まったく明治という時代、ことにその前半というのは、わけのわからぬ混沌からとにもかくにも国家の形を作り上げたのである。

そうした次第であるから、交番所なるものがどのような経緯で出現したのか、正確にはわからない。ほぼ今日の形に整ったと思えるのは明治十四年「ごろ」で、東京府内の「巡査交番所」の総数三百二十、勤務する巡査は千九百二十名と資料には記載されている。

彼らは従来の三交代制から十二時間勤務二交代制に改められ、原則上は非番も休日もなかった。

当時の「警察官ノ心得」に曰く、

「警察官ハ眠ルコトナク安坐スルコトナク、昼夜企足シテ怠タラザルベシ」

いやはや、まさに明治の気概である。「企足」とは「つまさき立つ」という意味で、昼夜を問わずそれくらい緊張して勤務せよと、おまわりさんたちは命じられていたのであった。

ところで、私は江戸時代から今日に至るまでの都市構造の変遷に興味があり、暇さえあれば各時代の地図を眺めている。暗い趣味である。

古地図を見ているとさまざまの発見があるのだが、江戸時代に番屋が置かれていた場所には、現在でも交番があると知ったときは、思わず唸ったものであった。

わかりやすい例としては、元治元（一八六四）年六月四日の晩、池田屋騒動の直前に新選組が集合したのは八坂神社前の「祇園会所」で、そこは現在でも祇園石段下の交番になっている。東京でも大阪でも、こうした例は数多い。

幕末期の江戸には一千カ所近くの番屋があり、各町の有志が当番で勤務していた。町奉行所の回り方同心、つまり正規の警察官がこれらをパトロールして、異状の有無を尋ね歩いていた。規定によればこうした番屋は間口九尺（約二・七メートル）、奥行二間（約三・六メートル）であるから、実に平均的な交番のサイズだったことになる。

おそらく大都市の各町内の治安に携わっていた番屋が、明治の混沌の時代にそのまま交番所として使用されたのであろう。そしてやがては、世界に類を見ないわが国固有の治安維持システムとして、今日まで機能していると考えられるのである。

先の「祇園会所」は、さしずめ花街を管掌するマンモス交番だった。新選組はいわば徳川政権の京都警察機動隊であるから、宵宮の大捕物に際してそこに集合したのは当然ということになる。

日本が世界一の治安国家であることは今さら言うまでもないが、国民の教育程度や倫理観の高さ以上に、この交番のすぐれた機能が大いに役立っているのである。

外国人が「おまわりさんは、どこ？」と不安になるようなこの国の治安のよさと、そうした社会を導き出した先人たちの叡智と努力とに思いを致し、われわれは祖国に対する敬意を新たにしなければなるまい。

今日ともすると忌避される「愛国心」や「ナショナリズム」という言葉とは、ちがう次元の敬意であろうと思う。

陰陽の説

どうしたわけか私の担当編集者は女性が多い。

むろんこちらから指名したためしはなく、生理的に嫌悪されてしかるべきアブラオヤジであるにもかかわらず、なぜか担当者のあらかたが女性なのである。

各出版社からは通常、「初出誌」「単行本」「文庫」の三人の担当者を付けていただいている。十社以上のお付き合いはあるので仮に三十人とすると、そのうちのおよそ二十五人は常に女性ではあるまいか。ちなみに、連載も甚だ長きにわたる本稿の担当者も、やはり女性である。

かつてさる作家から、「浅田さんの小説はキスをしたとたんに朝がくる」と揶揄されたことがあった。なるほど然りである。私の小説は極端に性的描写が少なく、たしかにキスをしたとたん改行もしくは一行アケで、朝がくることになっている。

べつだんシャイなわけではない。デビュー当時からずっと女性編集者に取り囲まれているがために、こうした作風になったというほうが正しい。いやらしいことを書こうものならたちまちボツになるのではないか、という強迫感に捉われるあまり、私の描く男女はすべて処女と童貞になり、子供はコウノトリが運んでくることになった。

過日、取材と講演のために北京へと向かった。往路は羽田旧ターミナル発、帰りは新ターミナル着という、後年語りぐさにできる旅程であった。

北京での常宿は長安街に面した『ラッフルズ』である。紫禁城にも近く、通りの向かいは旧東交民巷であるから、著作の世界にどっぷりと浸るには、これにまさるロケーションはない。

かつては軍艦のごとく巨大な『北京飯店』であったが、数年前に三等分されてその中央部分、すなわち二十世紀初頭の英国資本による歴史的建築部分が、ラッフルズに生まれ変わった。近代的リニューアルが施されても、いにしえの空気はよく保存されており、緞通を敷きつめた廊下の先やコロニアル様式の階段の上から、袁世凱や張作霖がひょいと現れそうな気がする。

むろんこうした旅の折にも、編集者は必ず同行してくれる。体力とみに衰えた昨今、気配りのよい女性編集者がいることはまことありがたい。ましてやスーパーキャリアの彼女らは、おしなべて語学に堪能である。

旅先での私の朝は早い。常日ごろと同様六時には起床し、シャワーを浴びてロビーに降りれば、編集者の明るい笑顔が待っている。

しかしこのごろ、そうした才色兼備なる女性編集者の朝の笑顔が、いささか苦痛になってきた。

私とともに老いてはくれぬのである。スーパーキャリアは寿退社などしないので、やがては管理職へと出世して担当を離れ、後任へと代替わりする。つまり作家と女性編集者の年齢差が、どんどん開いてゆく。当然のなりゆきながら、ついにはわが娘より齢《とし》下の編集者が、続々と出現するに至った。

いわく言い難いこの気分、ご同輩にはわかっていただけるであろう。父親たるもの、わが子より齢下と思ったが最後、叱ろうにもうまく叱れず、褒めようにもうまく褒められぬ。ついついこちらが顔色を窺い、腹具合まで斟酌《しんしゃく》してしまう。

聞くところによれば、この東大卒の才媛はわが娘と同い齢で、しかも浪人中はたまたま同じ予備校に通っていた由であった。べつにだからどうだというわけでもないが、どことなく何となく、トホホである。

「おはようございまあす」

「やあ、おはよう。よく眠れたかね」

「はい。お食事をご一緒させていただきます」

などと朝の挨拶をかわしたのち、私たちはレストランに向かって長い廊下を歩き出す。欧米人のゲストが多いラッフルズの朝食は、私の趣味に合わない。同じ建物の西側にある『北京貴賓楼飯店』の中華メニューが好みである。

さて、ここからが問題。

きょうびの女性編集者には、ひっつめ髪に牛乳ビンの底のようなメガネをかけた、イメージ通りの地味な女史ふうなどひとりもいない。文化の最先端をゆく職業であるうえに、たいていは女性誌の編集部を経ているので、化粧もファッションも実に垢抜けている。そうした女性が、ハゲデブメガネのアブラオヤジと寄り添って、ラッフルズの早朝の廊下を歩いていれば、異国人の胡乱《うろん》なまなざしが刺さる。いや、異国人ならば知らんぷりもできようが、私の顔を知る日本人観光客は一様に、ものすごく蔑んだ視線を向ける。確実に読者を失ったような気がする。

かつてのように齢の近い編集者であれば、本人もそのあたりを感じ取っていくらか間隔をあけるのだが、親子の年齢差ともなると私はすでに男ではないらしく、妙に距離が近い。まさか離れて歩けとも言えぬので、私は自然に早足になる。

レストランのテーブルに向き合って座ると、いよいよ周囲の視線が集まる。けっして社長と秘書には見えず、姿形は似ても似つかぬ。しかもまずいことに、作家と担当編集者の間には、ひとつの作品を協力して作り上げる親密感が必ずあって、おそらくその空気ははたから見ると、のっぴきならぬ関係と誤解されても然りと思えるのである。

北京貴賓楼飯店のレストランは、いかにも中国の貴人好みで広々としている。心なしかそこでは、朝食のあわただしさはまったく感じられず、時間もゆったりと流れてゆく。

さよう。五十九のアブラオヤジが親子ほども齢の離れた美女を日本から帯同して、あれやこれやと中国に関する蘊蓄《うんちく》を傾けつつ、朝食をともにしている。まさしく国辱ものの一景と言えよう。

ところで、中国の易学には相反する二種の気、すなわち「陰」と「陽」とによって万物の化成消長は決まるとする基本の説がある。

科学的に言うなら、プラスとマイナスの通電によってモーターが回るようなものであろう。私はいわゆる超常現象をはなから信じぬつまらぬ性格ではあるのだが、中国のこうした古説にはしばしば肯《うなず》くことが多い。

たとえば、中国のマッサージ店ではこの陰陽和合の説に順《したが》って、同性の体を揉みほぐすことはタブーとされる場合がある。ことマッサージに関して一家言ある私は、この説を遵守している。男性マッサージ師に揉まれると、技術のよしあしにかかわらずどうも体がほぐれない。陽と陽ではモーターが回らぬのである。

この説に則《のっと》れば、造化創成の作業たる小説の創造は、やはり作家と編集者との陰陽の働きによってなされるのではあるまいか。だとすると、女性編集者ばかりに囲まれて小説を書き続けてきた私は、まこと幸運であったことになる。

セクハラと紙一重の自説ではあるが。

ごあいさつ

デビューして間もないころ、原稿に「こんにちわ」と書いたら、たちまち編集者のアカが入り、「わ」を「は」に直された。

「こんにちわ」ではなく、「こんにちは」が正しいのである。ハテ、と考えて辞書を引いてみると、

「今日は……と言う挨拶語の下略。昼間の訪問または対面の時に言う挨拶語」

とあった。

だいたいからして、改めて辞書を引くような言葉ではない。また、身近なわりに小説の中にはほとんど出現しない。よって私は作家になっても「こんにちわ」だと信じていたのである。

つまり、こういうことだ。

「今日は、よいお日和ですねえ」

「今日は、お元気そうで何よりです」

「今日は、よろしくお願いします」

などという会話が省略されて、「こんにちは」の挨拶となったらしい。

そこでふと思いつき、「さようなら」を引いてみた。

「左様なら。元来、接続詞で、それならばの意。別れの挨拶語。さよなら」

ほう、そうか。もともとは接続詞かよ、左様なら理解できる。たとえば、こういうことだ。

「忙しい一日だったが、左様なら家に帰ってゆっくり休みましょう」

「ずいぶんすったもんだしたけど、左様ならここいらで別れよう」

などという会話が大幅に省略されて、「さようなら」の挨拶となったのである。現代ふうに言い直せば、「ま、そんなわけで」ということになろうか。

きっと大昔の日本人は、出会うにしろ別れるにしろ、たがいにものすごく長い挨拶をかわしていたにちがいない。人間の数が増え、社会が整備されてあわただしくなるにつれ、「こんにちは」「こんばんは」「さようなら」と、心情を集約するようになったのであろう。

なるほど、そういえば「こんにちは」と何気なく口にしたとき、その一言ではどうにも物足らぬバツの悪さを感ずる。「さようなら」に必ずまとわりつく哀愁も、言葉としての完結性を欠いているせいであろう。はるかな時代の父祖が大らかにかわし合ったたがいの心情を、集約しきれぬ分だけのバツの悪さ、思いのたけを声にできぬ分だけの哀愁である。

そうこう考えれば、私たちが今さら辞書を引くまでもなく使用している、簡潔で身近な日本語ほど奥が深い。

取材や講演などで地方に出張すると、私はきまって朝食前にホテルの周辺を散歩する。

行きかう人々はみな口々に、「おはようございます」と挨拶を忘れない。声をかけられれば応えるのだが、こちらから先に「おはようございます」と言えぬのは、都会人の卑《さも》しい性《さが》である。東京では見知らぬ人に挨拶をするという習慣がない。気易く声をかけようものなら、怪しいオヤジと思われるのがオチである。

このごろそうなったわけではない。少なくとも私が子供の時分にはすでに、「知らない人に話しかけられても応えてはなりません」と教えられていた。日常がそんなふうだから、たとえば遠足に出たときなど、山道ですれちがう人が必ず挨拶をするのが嬉しくて、大声で「こんにちは」と返したものであった。

しかし、悲しいことに都会育ちの子供らは、それを登山者に限った礼儀だと考えていた。見知らぬ人と挨拶をかわすことがかくも新鮮だからといって、それを日ごろの生活に持ち込むことはなかった。

もしかしたら過密な大都市ゆえではなく、東京の生活習慣なのかもしれぬ。武士と町人がほぼ半々の人口を保っていた江戸では、見知らぬ人に声をかければかえって無礼にあたるおそれがあった。だから通りすがりの挨拶は顔見知りの範囲で、という習慣が生まれたとも思える。


欧米社会では見知らぬ人との朝の挨拶が当然の礼儀である。ことにアメリカ人は、ホテルの廊下ですれちがっても、エレベーターに乗り合わせても、必ず満面の笑顔で「グッド・モーニング」と言ってくれる。

旅先では警戒心が強くなるから、彼らの礼儀に不慣れな日本人は、とっさに挨拶を返せない。

アメリカは総じて治安が悪いので、自分に他意がないと証明するために笑顔と挨拶を忘れないのだ、という説を聞いたことがある。

なるほど、と思いもしたが、たびたびかの国を訪れているうちに、どうやら俗説に過ぎぬと知った。要するにアメリカ人の国民性がフレンドリーなのである。多民族国家であり、なおかつもともとは国民のほとんどが他国からの移民であるから、思想も習慣もまちまちだったのであろう。そうした人々がつまらぬ行きちがいで悶着を起こさぬためには、まず満面の笑顔と、親愛の情をこめた「グッド・モーニング」が不可欠だったのだと思われる。やがて長い歴史の間に、そのうるわしき習慣は磨き上げられて、たぐい稀なるフレンドリーな国民性となった。

日本人とりわけ江戸ッ子と、アメリカ人とりわけニューヨーカーは、その伝でいうならきわめて対照的な性格を持つ。それぞれの歴史的環境が育んだ、世界一の無愛想と世界一のお愛想である。

そのことに気付いてから、私はニューヨーカーの笑顔に先んじてにっこりと笑いかけ、「グッド・モーニング」を心がけるようになった。

ところで、中国語の「你早《ニイザオ》」や「你好《ニイハオ》」が中華民国初期に創始された新語だということをご存じであろうか。

実はかくいう私も、まさかそれらが百年ばかり前に出現したとはつゆ知らず、古い中国を舞台にした小説の登場人物たちに、当時はありえぬ「你好」としゃべらせてしまった。刊行後に学者から指摘されて、そうと知ったのである。

考えてみれば「早」は「モーニング」、「好」は「グッド」もしくは「ファイン」で、それに二人称の「你」を冠した、いかにも英語的な造語である。「晩上好《ワンシャンハオ》」に至っては、まるきり「グッド・イブニング」の直訳と言えよう。

悠然たる中国人に簡潔な挨拶はそぐわず、滔々《とうとう》と心情や近況を語り合うことが、つい先ごろまでの習慣だったのであろう。「你好」や「你早」は、とりも直さず複雑な言語のしがらみから脱却せんとする、中国ならではの開化の所産であった。

一方、私たちの日本語はさほどダイナミックな変容をしない。新しい表現が定着することは稀で、あらかたは世代とともに錆びてしまう。私たちがハッスルできなくなったように、今の若者たちも、チョー疲れて老いてゆくのである。

しかしその分、日本語は神秘的で奥深い。

「今日は……」

「……左様なら」

そっくり省略されたこの「……」の部分に、私たちは言うに尽くせぬおのれの心情を托《たく》し、かつ他者の心情を忖度《そんたく》せねばならないのである。

見知らぬ自分

誰しもこの世で見ることのできぬ人間がひとりだけいる。

誰しもこの世で聴くことのできぬ声がひとつだけある。

ほかならぬ自分自身である。鏡に映る顔は左右が逆であるから、実物とはだいぶちがう。

写真や映像で見るおのれの姿も瞬時の虚像に過ぎぬ。また、頭蓋に反響する声は、空気を伝って届くそれとはまるで異なる。

五感が肉体に付属している限り、われわれは永遠に自分自身の実体を、他人と同様に客観することはできない。

当たり前といえばそうだが、われわれは動物的本能から離れて知的思索を始めたとたん、この当たり前の宿命に祟《たた》られて自分自身を懐疑するようになった。

顔や声はともかくとして、最も重大なる未知はおのれの性格であろう。まったく同じ理屈から、実はこれも自分自身にはよくわからない。不肖、本年めでたく還暦を迎える齢《とし》となっても、おのれの性格ばかりがいまだわからぬのである。

ところが去る三月十一日、すなわちあの未曾有の大震災当日、少しばかり自分の正体を知った。


地震発生の瞬間、私は『グランドプリンスホテル赤坂』旧館の二階客室「鏡の間」で、雑誌のインタビュー取材を受けていた。

かつては朝鮮王家の邸宅であったという古い木造建築は揺れに揺れた。窓の外の樅の巨木はたわみ、放り出されたグラスや食器があちこちで割れた。地震というよりも、怪物が建物を鷲摑みにして、思うさま揺すぶっているような気がした。なにしろ古い建物であるから、体感震度は東京都全般の「震度五強」を上回っていたと思う。

とっさにこう考えた。

この建物は関東大震災以前か、以後か。いっけん知的な考え方ではあろうけれど、私の頭の中には、「以前ならば今回も大丈夫」「以後ならば耐震構造だから大丈夫」という、すこぶる希望的結論が用意されており、しかも「どっちだかわからないけど、ともかく大丈夫」と判断したのであった。そして、部屋から逃げ出そうとする人々を制止した。

このときにわかった私の性格の一部は、①希望的観測に基づく判断、②独善的結論を他者に強いる、であった。

さて、揺れもいくらか収まったので階下に下りると、前庭に避難した群衆の中で次なる予定の編集者たちと出会った。私の家は都心から離れているので、スケジュールは一日にまとめるのである。当日はインタビュー、打ち合わせ、会食、という具合に三件の仕事を並べていた。

ともかく予定はこなさねばならぬと考え、通りを渡って『都市センターホテル』のティールームに落ち着いた。余震のさなか、それでも一時間ばかりで打ち合わせをおえた。

続く予定は銀座での会食である。ところが交通機関はすべて止まっており、タクシーの空車もない。時間の余裕はあるから銀座まで歩こうと思い、しばらく行って足を止めた。会食のメニューが天麩羅だったと思いついたのである。携帯電話は通じない。しかし先ほどの揺れよう、打ち続く余震から考えても、ほかの献立ならともかく天麩羅だけは中止にちがいない。いかに①と②の性格である私でも、それくらいの判断はついた。

立ち止まったのはコンビニの前であった。ふと競馬新聞が目に入り、翌日は愛馬ライブインベガス号が桜花賞出走権を賭けたレースに臨むので、迷わず店に入って「これ下さい」と言った。するとレジの店員はものすごく胡乱《うろん》な目で私を睨み、「並んで下さい」と言った。とたんにたくさんの胡乱な視線を感じた。店内には水や食料を両手に抱えた人々が、行列を作って一斉に私を睨みつけていた。たぶんそのうちの何人かには面も割れたので、私は新聞を棚に戻し、そそくさと店を出た。

ここでさらにはっきりとした私の性格は、③約束は守る、④神経質そうに見えて実は呑気者、⑤状況判断に疎い、であった。


どうやら大変なことが起こっているらしい。帰宅したくても手段がない。娘夫婦は東北に住んでおり、たしかようやく休暇が取れて、明日から新婚旅行だと言っていた。そうこう考えているうちに、だんだんと不安になってきた。

さしあたっては、目と鼻の先に日ごろお世話になっている出版社がある。かつてカンヅメになった経験から、作家専用の宿泊施設があることも知っていた。

まあ、そこまで無理を言って予定外の原稿を書かされてもたまらぬが、電話ぐらいは貸してくれるであろう。

そこで、いそいそと出版社の受付を訪ね、担当編集者を呼んで「すまないけど電話を貸して下さい」と、いつになく謙虚に言った。「カンヅメ部屋にどうぞ」という暗い回答を怖《おそ》れたからである。

おかげさまで自宅との連絡がつき、娘夫婦の安全も確認し、他社との天麩羅会食が流れたことも了解した。残る問題は、カンヅメ部屋で一宿一飯の恩義に報いる原稿を書くか、さもなくば夜を徹して自宅まで歩くか、という選択である。

このときにわかった私の性格は、⑥用心深い、⑦義理堅い、⑧帰巣本能、であった。

ところが、ここで意外な展開を見たのである。

突然、同社の会長がお出ましになって、自宅が同じ方向だから送りましょう、と誘って下さった。何という幸運であろう。私は一瞬にして、カンヅメか行軍かの二者択一の運命を免れ、会長車に同乗して帰宅できることとなった。そうと決まれば担当編集者のみなさんとは余計な話をしたくもなく、帰る方途のない彼らを玄関先に残して、私はさっさと会長車に乗り込んだ。
⑨図々しい、⑩あんがい利己的、である。

帰り道は遠かった。通常は高速道路で四十分ばかりのところ、運転手さんが大渋滞の中を四苦八苦、五時間以上もかけて私を自宅まで送って下さった。まことにありがたい限りである。

このたびの災害に際しては、執筆や発言を求められているのだが、私は何ひとつ応えてはいない。亡くなられた方や、ご遺族や被災者の皆様に思いを致せば、言葉をなりわいとするひとりとして、怖くて何も書けず、何も語れぬのである。

多くの文筆家が言う通り、私もまた文学の無力を痛感した。しかし、無力を無力のままにしておいてはなるまい。先人たちはみな、無力から立ち上がって旧にまさる実力を獲得した。それが紛れもない人類の歴史である。

これまで知ることのできなかった自分自身、いや正しくは、知ろうとしなかった自分自身を見出《みいだ》すところから、私は始めたいと思う。

六十九次てくてく歩き

昨年の後半はたいそう忙しかった。

今さら思い出したくもなく、また思い出そうにも何が何だかわからぬくらいであった。ともかく八月から十一月まで、一枚の馬券も買わなかったのである。ために競馬関係者の間では、「浅田死亡説」が流布されたほどであった。

なおつらいことには、それら仕事のあらかたが本業たる執筆活動ではなかった。講演だのサイン会だの取材だの、国際ペン大会だの娘の祝言だのお上の仕事だの、要するに作家的にはてんで非生産的な忙しさだったのである。週末を仕事に捧げても、ペンを執る日は一日あるかないか、足らぬ分は早起きをして埋め合わせるほかはなかった。本稿を含む連載のほとんどは、まるで隠者か宗教家のごとく、朝の五時から八時くらいまでの間に書いた。

しかし考えてみれば、私も本年はめでたく還暦を迎えるのである。ご同輩が定年となるのに、忙しいなどという愚痴をこぼせば罰が当たるであろう。ありがたい、と思わねば嘘である。

そうしたさなか、二泊三日の旅程で中山道を歩いた。月刊誌に連載中の小説の取材である。

ころは幕末。家来が百人しかいない貧乏なお殿様が、奥美濃の領地から江戸まで参勤交代の旅に出る。旅程は十日間だが、連載小説は二年以上もかかる。「二年以上の十日間」などという超自然的作業は、小説家のほかには考えられまい。

物語はその十日間の道中をロードムービーふうにたどるので、私も連載中に旧中山道を踏破しようと決めた。取材というより、行列の一員となってこの架空の旅を体験するのである。

もっとも、連続十日間を取材に費す余裕はない。ましてや駕籠や長持を担いでも日に四十キロメートルを歩いたという昔の人の真似などできるはずはなく、せいぜい一泊か二泊に旅程を切り分けて歩くほかはなかった。

一回目は四月中旬に、美濃から木曾路にかけて歩いた。とは言っても、やがて還暦、おまけに心臓病を抱えている身では歩き通すわけにはいかない。恥ずかしながらタクシーを雇い、要所はなるべく歩くという方法である。

旧中山道はあらまし国道と併走しているので、地元のタクシーを乗り継げば思いのほか道中気分を味わうことができる。また、馬籠《まごめ》、妻籠《つまご》、奈良井、といった宿場はいにしえの姿がよく保存されており、私が泊まった宿も往時そのままの旅籠であった。

今回の行程は諏訪から軽井沢である。折しも季節は冬のかかり、これは物語と一致するので気合も入った。

木曾路は山また山の連続であったが、この信濃路は中山道随一の難所といわれる、和田峠を越えねばならない。海抜千五百メートルに及ぶ和田峠越えを、国道は蛇行しながら登り、あるいはバイパスやトンネルを設けてはいるのだが、旧中山道は委細かまわずに直登していた。胸を突くほどの急峻な登りである。

懸命に歩きながらしみじみ、昔の人の健脚ぶりに畏れ入った。下諏訪宿から和田宿までは二十一・五キロ、かつてその間には峠の茶屋が東西にあったきりで、間宿《あいのしゅく》もなかった。つまり急勾配を怖《おそ》れて道をくねらせたのでは一日で越えられないから、ここばかりは二十一・五キロの直線最短距離を歩くほかはなかったのである。

江戸から京三条まで東海道は五十三次、中山道は六十九次、むろん後者のほうが距離も長く峠越えの難所も多い。しかし旅人や大名行列の少なからずが、中山道を歩いたのはどうしたことであろう。史上よく知られるところでは、文久二（一八六二）年の和宮降嫁の大行列もこちら、翌年の浪士隊上洛に従った近藤勇以下、のちの新選組の面々も中山道をたどっている。

東海道はおおむね平坦であるかわりに、いくつもの大河を渡らねばならない。水かさが増せば、いわゆる川止めである。すなわち正確な日数が読めず、経費のかかり具合も予想できぬ東海道よりも、まさに「急がば回れ」の格言通りに中山道が選ばれたのであろう。

では、江戸から諏訪までを明らかにショートカットする甲州街道が、一般的に利用されなかったのはなぜか、と考えるのだが、これはよくわからない。幕末の時点で甲州街道を定式《じょうしき》としていた大名行列は、高島の諏訪家、高遠の内藤家、飯田の堀家の三藩しかないのである。甲州道中の起点は中山道の下諏訪宿であるのに、そのほかの大名も旅人たちの多くも遠回りの中山道をたどった。

甲州の金山をはじめとして、道中のほとんどが幕府天領であった甲州街道には何か通行制限でもあったのか、それとも敬意を表して避けたのか、あるいは宿駅が不備であったか、あんがい険阻であったか、ともかくこの謎は今後の宿題である。

などと考えながら寒風吹きすさぶ和田峠をようやく越え、宿場町の姿をよくとどめる和田宿の旅籠に泊まった。

二回目はしばしのどかな田園風景の続く、佐久盆地の旅である。この先は上信国境の碓氷峠まで、これといった難所はない。泊まりは望月宿。高速道路や新幹線が日本国中を縦横に走る今日、江戸の昔と変わらぬ旅籠は多くの宿場町に健在なのである。ふしぎ、などと軽々に言ってはなるまい。ご当地のみなさんや旅籠を営む方々は、日本の歴史と文化をひたすら守り続けて下さっている。ありがたい、の一言に尽きる。

ところでそれぞれの旅籠で供される食事は、例外なく旧きよき日本の献立であった。炭水化物がデブの元凶などという今日の風潮などくそくらえ、日本人ならば米の飯やソバや饅頭をたらふく食って、その分は足で消費することが何より、としみじみ思った。

今回の旅の終着点は、あろうことか軽井沢の拙宅であった。冬は閉め切ってあるので、むろん庭も荒れるに任せてある。

東京から新幹線や高速道路を使ってしばしば訪れるこの仕事場の先に、遙けき中山道が続いているとは考えたためしもなかった。父祖がたどったその道中は、私の体に流れる血脈そのものでもあるという事実にさえ、これまで思い至らなかった。

冬枯れの庭にしばし佇み、誰のためにではなくおのれ自身の血に対して、誠実に小説を書こうと思った。今回の取材行の最大の成果は、その自覚であったと思う。

われわれは飛行機や新幹線で一ッ飛びの旅にすっかりなじんでしまったが、足に覚えのある方なら中山道六十九次のてくてく歩き、ぜひともお試しになっていただきたい。

闇の絵巻

十五年ぶりに長春を訪れた夜、何とはなしにぶらりとホテルから出た。

北京も上海も急速に様変わりしてしまったが、東北のこの町にはさほど大廈《たいか》高楼《こうろう》が林立しているわけではなく、いきおいその夜の闇は広く濃かった。

長春はかつて新京と呼ばれた、旧満洲国の首都である。もともと吉林省の省都であったとはいえ、人口十万にも満たなかった地方都市を、人口五十万人の国都とする二十カ年計画が立てられた。将来的には三百万都市をめざしたという。一九三二年の建国当時、東京の人口が二百十万程度であったことを考えれば、気の遠くなるような計画である。

第一期事業の総予算は三〇〇〇万円、これもまた満洲国の初年度予算が一億一三〇〇万円であるから、実に気の遠くなるような話であった。

むろん、実質的には日本の事業である。巨額の予算と広大な土地を許された技術者たちは、どれほど胸を躍らせたであろう。そうして彼らが思うさま腕を揮《ふる》った都市計画事業が、今日もそのまま長春市のダイナミックな姿にとどめられているのである。

いくつものロータリーから放射状に延びる幹線道路は幅六十メートルの片側三車線であり、その間には正確に区画された街衢《がいく》が嵌《は》めこまれている。往時は若木であったプラタナスの並木も、夜空を覆いつくすほどの巨樹に成長していた。今日の中国には珍しい森の都である。

すがすがしい夜気に誘われてそぞろ歩いているうちに、梶井基次郎の『闇の絵巻』を思い出した。

闇は私たちにとって不安と絶望そのもので、よほどの勇気を持たなければその中に踏みこんでゆくことはできない。しかしいったんそうした意志を捨ててしまえば、闇は明るい場所では得ることのできぬ深い安息を私たちに与えてくれる——。

長春の夜は暗い。街灯は整備されており、店々は赤いネオンを灯しているのだが、とうてい広大な闇を押しのけられはしない。光という光はすべて、過ぎ去る車のヘッドライトさえも、闇に置かれた点にしか見えぬのである。

たしかに梶井の書いた通りであった。ホテルを出てからしばらくはおずおずと歩いていたのだが、そのうち次第に心が安らいできた。

それは梶井が文章の中で示唆したかもしれれぬ、死生観などという大それたものではない。自分自身が闇に親和し、やがて溶け入り、実体のない魂になってしまったような安息であった。

ふしぎな気分でしばらく歩くと、紅色のぼんぼりを灯した食堂から男がひとり出てきて、じきに闇の中に消えた。そのさまはまたしても『闇の絵巻』の一場面であった。

あれこれ書くよりも、ここは梶井の文章を引き写してみよう。

ある夜のこと、私は私の前を私と同じように提灯なしで歩いてゆく一人の男があるのに気がついた。それは突然その家の前の明るみのなかへ姿を現わしたのだった。男は明るみを背にしてだんだん闇のなかへはいって行ってしまった。私はそれを一種異様な感動を持って眺めていた。それは、あらわに云って見れば、「自分もしばらくすればあの男のように闇のなかへ消えてゆくのだ。誰かがここに立って見ていればやはりあんな風に消えてゆくのであろう」という感動なのであったが、消えてゆく男の姿はそんなにも感情的であった。

梶井が病床で『闇の絵巻』を書いたのは昭和五（一九三〇）年、二十九歳のときである。そしてその翌々年三月一日に満洲国建国宣言がなされ、同月二十四日に梶井は死んだ。

彼と親交のあった川端康成は、梶井の透徹した視線を『末期の眼』、すなわち死にゆく者のみが持ちうる感性と評した。

しかしどうであろう。歴史と文学史の年譜を重ね合わせてみると、一作家の個人的境遇ばかりではない巨大な社会事情が、文学作品の上にもあまねくのしかかっているように思えるのである。もし仮に、梶井が個人の感性と見せかけて、本来文学者が立ち入るべきではない社会事情を作品に托したと考えれば、『闇の絵巻』はまったくちがったものと読める。つまり先の引用箇所にある「一人の男」は、病床の梶井が客観した「日本」なのではあるまいか。そう考えると、引用の末尾の「消えてゆく男の姿はそんなにも感情的であった」というわかりづらい表現も、まことに腑に落ちるのである。

いかに「紅旗征戎わがことにあらず」と嘯《うそぶ》いたところで、文学者もまた国民のひとりにすぎない。梶井の死の五年前に自尽した芥川龍之介が抱えていた「漠然とした不安」の中には、大陸に活路を拓かんとする日本の社会事情も、当然影を落としていたであろう。時代の旗手を唐突に喪《うしな》った後進たちが、その「漠然とした不安」をなおざりにしたとは思えない。たとえば後年、三島由紀夫や中上健次の突然の死にうろたえたおのれを考えれば、その存在と死の自分なりの解析は文学に携わる者の良心であり、使命でもあるからである。

それにしても、芥川や梶井と同時代に生き、なおかつ親交がありながら、その存在と死を文学的解釈にのみ徹して『末期の眼』に封じこめた川端康成は超人である。

さて、長春の安らかな闇に思いを残して、東京へと帰ってきた。

東日本大震災ののち、節電は全国民の合言葉となり、お上にあれこれ言われるまでもなく、余分な灯りは消えている。それでも中国から帰ってみると、たいそう明るく感じられる。いや、こと中国に限らず、世界中のどこの都市と比べても東京の光はそもそも過剰なのである。

思い起こせば子供の時分、東京はやはり暗かった。夜っぴて灯りのともる家やオフィスはなかったし、盛り場のネオンも夜更けには消えた。裸電球に笠を被《き》せた街灯が、路上にぽつぽつと光の輪を落としていた。

そのうえ、ちょっと風が吹いただけで何の予告もなしに停電した。懐中電灯や蠟燭は家庭の必需品であった。しかし、そうした暗い夜は安息に満ちていた。節電などというさもしい言葉ではなく、私たちは安らかな闇を取り戻したのだと思うことにしよう。

梶井基次郎は『闇の絵巻』の末文にこう記す。

街道の闇、闇よりも濃い樹木の闇の姿はいまも私の眼に残っている。それを思い浮かべるたびに、私は今いる都会のどこへ行っても電灯の光の流れている夜を薄っ汚なく思わないではいられないのである。

パリわずらい　江戸わずらい

四十なかばのころ、仕事があまりにも繁雑になって正気を喪《うしな》い、当分の間どこかに雲隠れしようと企んだことがあった。

一見社交的な人物と見せながら、実は根が暗い。家事労働は好きなので独り暮らしは苦にならぬ。連載がいっぺんに終わった間隙をついて出国し、一年かそこいら資料を必要としない恋愛小説か何かを書いていればいい。

問題は行き先である。かつて十八回も引越をくり返しながら、一度も東京都から転出したためしのない私は、たぶん田園生活には耐えられぬはずで、だとすると隠遁先は都市に限定される。やっぱりパリ。ぱりぱり。語呂もいいのでそう決めた。

今だから言えるが、あんがい煮詰まっていたのである。連載小説も次々と終了し、よしいよいよというところまできて、思いがけぬ不安に囚われた。

どういうわけか私は、パリに滞在すると必ず体調が悪くなるのである。寒い時期は風邪を引いて発熱し、夏ならば腹をこわす。承知のうえでよほど用心しても、毎度この「パリわずらい」は避けられぬ。数日間はきまってホテルのベッドで過ごすのである。まったく原因不明のジンクスのようなもので、しいて言うなら「水が合わない」というところか。

一週間の滞在でも三日は寝込むのだから、一年なら五カ月ぐらい臥せるだろう、という単純計算をすれば、煮詰まった鍋は急速に冷えていった。

「パリわずらい」は今も続く。たぶん乾燥した空気か一日の寒暖差が、東京の風土に育った私の体に合わないのであろう。それでも三日間の病床を覚悟でしばしば訪れるのだから、パリは魅力のある町なのである。

このごろでは、熱に浮かされて眺める窓辺の風景が好きになった。

私のふるさと東京にも、昔は「江戸わずらい」と称する風土病があったのをご存じだろうか。

江戸で暮らしているうちに体が怠《だる》くなり、手足がむくみ、食欲がなくなる。症状が進むと、心不全を起こして死ぬ場合もあったらしい。まったく謎の病で、効果的な治療法はないのだが、ふしぎなことに病人が年季奉公をおえて里に帰ったり、江戸詰の侍が参勤交代で領国に戻ると、症状は嘘のように改善された。ゆえに「江戸わずらい」とされたのである。

正体は「脚気《かっけ》」であった。脚がむくんで歩行が困難になるから、そう呼ばれたのであろうか。

脚気は周知の通りビタミンB_1の不足によって起こる、糖質の代謝異常である。昔の贅沢といえば、まず白いご飯を腹いっぱい食べることであるから、食生活の断然豊かであった江戸にこの病気が多発したらしい。そして郷里に帰れば、そうそう贅沢はできずに玄米や雑穀を食べるので、ケロリと治ってしまうのである。

江戸時代の全国的ヒエラルキーでは、武士の人口が約五分の一であったが、百万都市の江戸に限っては半数を占めていたと言われる。幕臣の数が多いことと、参勤交代制度によって大勢の地方藩士が江戸詰となっていたからである。彼らの多くは米の現物給与によって生活しているから、いきおい江戸には豊富に米が流通した。庶民に至るまで白いご飯を食べて暮らしていたのである。

この風土病の事実を端的に証明するのは歴代徳川将軍の死因で、手元の史料によると十五代中の三代が「脚気衝心《かっけしょうしん》」、すなわち脚気が進行した末の心臓マヒで薨《こう》じている。十代家治、十三代家定、十四代家茂、後半に集中しているのは時代とともに米飯中心の献立が完成したからであろう。篤姫様や和宮様のご主人も、この安定した食生活のせいで突然死してしまった。

諸国のお殿様には参勤交代に伴う食生活の変化があったが、皮肉なことにその必要のない徳川将軍だけは、江戸わずらいのリスクを負っていたのである。

この江戸わずらいは、明治に入ると国家的な大問題となった。軍隊で蔓延したのである。明治六年に公布された徴兵令の目玉は、一日六合の白米を食わせる、という大特典であった。江戸時代の「一人扶持《ぶち》」は一日五合の規定であるから、飢饉の恐怖に晒《さら》され苛斂誅求《かれんちゅうきゅう》に悩む多くの農民にとって、かつての武士以上の食生活が約束された兵役は、必ずしも忌避すべきものではなかった。

軍隊もこの条件を遵守した結果、脚気は帝国軍人の職業病となってしまったのである。ちなみに陸軍省の統計によると、日清戦争における犠牲者13488人中、陸軍だけで4064人の脚気による戦病死を出しており、日露戦争においては、陸軍の総死者85208人中、5896人が脚気による死亡と記録されている。まさに猖獗《しょうけつ》をきわめる数字である。

ところが海軍の統計によると、両戦役ともにわずか三名の脚気病死者しか出ていない。これは海軍軍医総監の高木兼寛《かねひろ》が、航海中の脚気発症を蛋白質の摂取不足と考えて、白米食中心の兵食を改善していたからである。

建軍期の日本は海軍がイギリス、陸軍はフランス、のちにドイツを範とした。軍医もおおむねその通りに留学したので、脚気についても海軍はイギリスの「栄養由来説」を採り、陸軍はドイツ医学の「細菌説」を信じていた。

むろん高木の「蛋白質不足」も的をはずしているのだが、陸軍の「脚気は空気感染する」という説よりはよほど有効であった。のちのちまで海軍の兵食が陸軍の献立にまさるのは、兵員数や予算の関係もあろうが、主食よりもおかずに力点を置いた脚気対策の伝統であろう。

一方の陸軍は、軍医総監石黒忠悳《ただのり》、そのあとを享けたかの森林太郎が海軍の米食由来説を徹底的に非難し、前記の多大な犠牲者を出すに至った。

この論争は日露戦争後の明治四十三年、鈴木梅太郎の大発見によって終止符が打たれた。米糠から抽出したオリザニンが、脚気治療に卓効を現したのである。この成果はヨーロッパでも等しく認められた。脚気をはじめさまざまな病気に福音をもたらすスーパー栄養素、「ビタミン」の発見であった。

陸軍がついに建軍以来の「白米六合」の看板を下ろし、麦三割の兵食を採用したのは、海軍より遅れること三十年の大正二年であった。

概略を記してみたが、この脚気論争には明治の医学者がたくさん登場し、政治、軍事、食習慣、社会背景等が複雑に絡み合って実に興味深い。

いかん。ついついまたお米の悪口になってしまった。われらが日本を育んできたお米の、名誉のために書き添えておく。

パリに隠遁しなかった最大の理由は原因不明の「パリわずらい」ではなく、三度三度の白いご飯が腹いっぱい食べられぬ、と考えたからである。

多様性と二者択一

ショッピングは大好きなのだが、それに要する時間はすこぶる短い。スーツを一着買うにしても、長くて十五分、へたすりゃ五分である。シャツやネクタイは一分以内であろう。かと言ってさほどぞんざいに買物をしているわけではなく、いわゆるタンスの肥やしは少ない。これは一種の特技と言えるのではなかろうかと思う。

しかしふしぎなことに、日常生活においてはまこと決断力が乏しい、優柔不断の典型なのである。では何ゆえショッピングに際してのみ果断であるのかというと、若い時分から遵守しているひとつの秘伝のおかげであるらしい。

二者択一。どれほど選択肢があろうと、多くの中から「選ぶ」のではなく、「勝ち」か「負け」かという単純明快な形にする。

たとえば十種類のスーツの中から、自分に最も似合いそうなものを的確に選び出すというのは至難の技である。そこでまず、第一印象のよい一着を「暫定チャンピオン」として選出し、これに次々と「チャレンジャー」を対戦させて、勝ち残った一着を買う。

値段が高い、サイズがない、趣味ではない、といった不適格者を最初から除いておけば、数点の試着ののちに正当なチャンピオンが出現する。所要時間はせいぜい十五分、へたすりゃ五分である。ピン打ちや包装の時間のほうがいつも長いのにはイラ立つ。

ちなみに、経験則によれば「暫定チャンピオン」がそのまま正当な王者となる確率は高い。いわゆる「パッと見」は相当に有効なお買物のコツ、ということになる。

かくして私は、この二者択一法の採用により、ことファッションに関しては、お買物に費やす無駄な時間と苦悩の排除に成功した。

しかしまずいことに、器用そうに見えて実は不器用な私は、ファッション以外のあらゆるお買物においても、この二者択一法を遵守してしまうのである。たとえばスーパーの鮮魚売場で「新サンマ」を求めんとする際、スーツを選ぶよりも時間がかかってしまうわが身が悲しい。

つまり、生鮮食料品のように顕著なちがいのない商品が大量に陳列されていた場合、忠実にこの二者択一法を実践せんと欲すれば、たいそう時間を要するのである。

そもそも人間の頭脳というものは、多くのアイテムの中から正解を適切に指名できるほど上等にはできていないと思う。しかし、二つのアイテムの比較により優劣を定めることはできる、というのが私の持論なのである。

考えてみれば子供の時分には、何についても選択をするほど物が豊富ではなかった。「あてがいぶち」を享受するほかはなかったのである。

いくらか長じてからは世の中も豊かになり、「二者択一」の時代となった。この期間は存外長かったように思う。昼食ならばソバかウドンかの選択、ワンランク上げてキツネかタヌキかの選択という具合である。アルバイト先にしても新聞配達か牛乳配達、少し齢《とし》が行けば、ウエイターか工事現場かの二者択一であった。

そうした単純な時代の習慣を今もなお踏襲している私にとって、多くのアイテムからの選択を余儀なくされる今日の多様化社会はまことに面倒くさい。

たとえば、好物のスパゲッティを食いたいと思い立ち、そこいらのイタメシ屋に入ったとする。その際に私がイメージしているのは、「ナポリタン」と「ミートソース」の二者択一なのである。ところがメニューのどこをどう見ても、それらはない。かわりにほとんど意味不明、かつ想像すら不可能な名称がずらりと並んでいる。

イタリア料理の小麦粉の練り物を総称して、「パスタ」と呼ぶことぐらいは知っている。しかし、いまだに私の理解しうるパスタといえば「ピザ」と「スパゲッティ」しかなく、「タリオリーニ」だの「リングイネ」だの「フェットチーネ」だのという分類が、いまだにわからぬのである。しかも広義でいうところの「スパゲッティ」とおぼしきそれらに、「カラスミとケッパーのタリオリーニ」とか、「生ハムとアーティチョークソースのリングイネ」とか、「ポルチニ茸のフェットチーネ」とか、いっそうわけのわからぬ名前がつく。「お決まりですか」と、ウエイトレスがせかせる。理解不能のまま、もしや面が割れているのかと思えばあれこれ訊《たず》ねることもできず、額には脂汗がうかぶ。まさかメニューにはない「ミートソース」とも言えぬ。

そこで、何となく「ナポリタン」に似ていそうな、「新鮮な海の幸とトマトソースのエンゼルヘア」を注文したところ、やがて登場したスパゲッティは、私のイメージした素朴さとは似ても似つかぬ代物であった。

額の脂汗、というか、正しくは頭全体の脂汗を拭いながら、「エンゼルヘア」という人を小馬鹿にしたような名称を心から呪った。


そう、今さら信じ難い話ではあるが、スパゲッティといえばつい先ごろまで、「ナポリタン」と「ミートソース」の二者択一だったのである。わが国におけるスパゲッティ界の二大政党政治は、私が物心ついてよりえんえん四十年以上も続いたのであった。

私はナポリタン党の支持者であった。神田の古本屋街をうろつき、昼どきになれば喫茶店でコーヒーとナポリタンを注文して、読書にいそしむ時間は至福のひとときであった。

正統のナポリタンは、アルデンテなどであってはならぬ。きのう茹で上げて冷蔵庫に眠っていたような、ブヨブヨのスパゲッティが好もしい。それを少々の玉葱とウインナソーセージの薄っぺらな輪切りと、真赤なトマトケチャップで炒める。実に素朴な、変えようも変わりようもない、完成された味であった。あまりの完成度ゆえに、幾筋かのピーマンが入っていたりすると、心ひそかに

「邪道……」と呟いたものであった。

その「ナポリタン」が、「ミートソース」とともに街角から姿を消して久しい。原因はそれらが現代人の舌に合わなくなったからではなく、小じゃれたイタリアンレストランが進出したせいでもなく、主たる提供場所であった喫茶店が少なくなってしまったからである。

実は私の生家も、かつては神田で喫茶店を営んでいたのだが、バブルの波に抗いきれずに閉店してしまった。つまり私は生まれついて、「スパゲッティ・ナポリタン」の申し子だったのである。

臨終間近の父に「何が食いたいか」と訊いたら、「うちのナポリタン」と呟いたのには泣けた。

小説家になってから、いくどもナポリに行った。そのつど街なかを歩き回って、「スパゲッティ・ナポリタン」を探すのだが、いまだにめぐりあえぬ。せいぜい似て非なる「魚介類のトマトソース味」を口にするだけである。

われらが「ナポリタン」は、味も値段も完全であったがゆえに変わることができず、消えてなくなるほかはないのであろうか。

ちくわぶ綺譚

かつて本稿に書いた「しろくま綺譚」が好評であったと聞き、今回は「ちくわぶ綺譚」で二匹目のドジョウを釣る。シリーズ物は得意である。

ちなみに「しろくま綺譚」は既刊『アイム・ファイン！』に収録されているので、未読の方はそこだけ立ち読みせずにお買い上げ下されば幸いである。

CMはさておき、話は「ちくわぶ」に移る。三十数年も前のこと、静岡県出身の女性とおでん種の好みについて語り合っていたところ、「ナルトに穴のあいたのが大好き」と言われて考えこんだ。

はて、ナルトはおでんの具であろうか。ましてや穴のあいたナルトなど見ためしがない。そこであれこれ追究するうち、実はちくわぶであるとわかった。東京人の私にはまこと信じられなかったのであるが、静岡県浜松市のあたりには、そもそもちくわぶなる食材が存在しなかったらしいのである。

個人的嗜好からすると、おでんの三大具は「がんもどき」「たまご」「ちくわぶ」であり、ことに「ちくわぶ」はそれだけのおでんでもよかろうと思うほどの好物である。あのブヨブヨとした食感、くずれているようで芯のある、一本《いっぽん》独鈷《どっこ》の渡世人のような味わいがたまらぬ。おでん種のほかにはてんで見かけぬという、一途さもまた魅力である。

さて、ここで早くも意外に思われる同好の士もさぞ多かろう。実にちくわぶは、全国区の食い物ではない。

しかし、三十数年前の話であるから、今では納豆と同様に日本全国その味に目覚めているにちがいない。そう思いつつ、大阪は法善寺横町の串揚げ屋に向かうタクシーの車内で、編集者たちとちくわぶの話に盛り上がっていたところ、ドライバーがふいに言った。

「お客さん、そのちくわぶいうのは初耳ですねん。いやァ、大阪にあって東京にないいう食い物はいくらもあるやろけど、その逆もあるんやなァ」

タクシーの中はしばし沈黙した。同行の編集者たちはみな東京近郊の出身で、ちくわぶの愛好家であった。

「コンビニのおでんに入ってるでしょう」

と、私は言った。仮にさほど一般的な食材ではないにせよ、そのように指摘すれば気付くはずである。しかし、ドライバーは首をかしげた。

「こういう仕事やさかい、そらコンビニは毎日使うてます。そやけど、ちくわぶなんぞ見たこともない。ちくわ、とちゃいますのんか」

「ちーがーうー」

と私たちは声を揃えた。

「さっきからずっと話を聞いとって、妙やなァ思いましてん。ナルトに穴のあいたやつでっか。ナルトは知ってますけど、うまいまずいいうものでもありまへんなァ。いやァ、東京にあって大阪にないうまいものなぞ、ほんまにあるのやろか」

大阪が東京の味覚を軽んじているのはたしかである。むろんあらましその通りであることは、東京人の私も認める。だからこそキタのホテルからわざわざミナミの法善寺横町まで、驚くほどうまくて安い串揚げを食おうとタクシーを飛ばしているのである。

しかし、それはそれとしても、ちくわぶを知らぬ人は不幸だと私は思った。

「そもそもおでんがないんじゃないのか」

「なに言うてますねん。自分が子供のころは関東だきなんぞと言うてましたけど、今はおでんだす。がんもどきもたまごも好きや。三日に一度はコンビニで買うてます」

折よく行く手に全国展開のコンビニが見えた。他人の不幸を看過できぬ性格の私は、タクシーを止めて篠つく雨の中を、コンビニへと走った。ドライバーにちくわぶを食わさぬ手はあるまい。

ところが、東京とどこも変わらぬレジ脇のおでん鍋を覗きこんで、私は愕然とした。ない。ちくわぶがない。牛スジだのタコ足だの、東京ではあまり見かけぬ具があるのに、ちくわぶがない。

さては切らしたな、と思った。はっきり言って、ちくわぶが売り切れたおでんは、マグロを切らした鮨屋と同じだ。そこで私も切れた。

「ちくわぶ、ないのか」

「え、何ですか」

そう言ったとたん、若い男女の店員が顔を見合わせた。

「ちくわぶだよ、ちくわぶ」

「え？　ちくわ」

「ちがう！　ちくわぶだ、ちくわぶ」

少々声が大きかったらしく、商品の整理をしていた店長らしき人がやってきた。ところが、彼もまるで未知の食材のように、「ちくわぶ、ですか？」などと言う。

売り切れではなかった。まこと信じ難い話だが、大阪のコンビニのおでん鍋には、そもそもちくわぶという具が存在しないのであった。いや、彼らの反応から察するに、やはりちくわぶそのものを知らないらしい。

タクシーに戻った私は、驚きのあまり口をきく気にもなれず、「なかった」とだけ宣言した。

「な、言うた通りですやろ。そやけど、そないにうまいもんなら食べてみたいなァ。東京へ行ったら探してみよ」

探さなくたってある。ちくわぶを切らそうものならおでん屋は看板だ。

それから串揚げ屋に到着するまで、車内には再びちくわぶ談議の花が咲いた。同行者のうち、川崎市出身の編集者は私と同様、ちくわぶに親しんで育ったらしいが、同じ神奈川県でも小田原出身者は、知ってはいたがそれほど一般的ではなかったと証言した。これらに私の古い記憶を加味すると、ちくわぶの西限は箱根山で、峠の先の静岡にはないということになりそうである。

さしあたっての疑問は、お好み焼、タコ焼、うどん等のでんぷん大国である大阪において、私がでんぷんの王者と信ずるちくわぶが、どうして名前すら知られぬのであろうということであるが、もしかしたらその思い入れこそが東京人の味覚の貧しさなのかもしれぬ。

今、ふと思い立って辞書を引いた。

『広辞苑』に曰く。

〈ちくわぶ（竹輪麩）――小麦粉、水、塩を合わせて練ったものを棒などに巻きつけて加熱し、竹輪に似せて作った食品。関東などでおでん種として用いる〉

なるほど。「関東など」は「関東限定」の意味か。しかるに「おでん種」と言い切っているからには、ほかの調理法はあまりないのであろう。まさしく関八州一本独鈷の渡世人である。

ちなみに、『マイペディア』にも『ブリタニカ国際大百科事典』にも『大漢和辞典』にもちくわぶの記載はなかった。思うに、『広辞苑』の編纂者として知られる新村出《しんむらいずる》は山口県の出身だが、きっと東京帝大に学ぶ間に、ちくわぶの虜《とりこ》となったのであろう。

関西出張のたびに東京人の味覚は貧しいと思うのだが、ちくわぶばかりは全国区になってほしいと切に願う。

華麗なるカレー

中国の旅で暴飲暴食の限りを尽くし、帰国しておそるおそる体重計に乗ったところ、みごと自分史上最高記録を更新していた。

外国旅行は運動量が多いので、食べているわりには太らないというのが持論である。ことに中国においては、これまでハイカロリーの摂取と消費をつつがなく実践し、持論を証明し続けてきた私であった。

中華料理は北上するほど重く濃くなるので警戒を要するのだが、かつて東北を旅しても悪い結果は出なかった。ということは、還暦を前にしてついに代謝機能が衰え始めた、と考えるほかはあるまい。

最高記録の更新には何だって努力が必要である。いったい「最高記録を更新しないための努力」などという逆理が、ほかにあるであろうか。だからこそ、いわゆるダイエットの道は険しいのである。

しかも、私の場合はその逆理にさらなる逆理が伴う。ふつうの人はまじめに働けば働くほどカロリーを消費するのであるが、私の職業はまじめに働けば働くほど肉体の運動量は削減される。早い話が、まじめなサラリーマンはスリムだが、まじめな小説家はデブなのである。

思えば、心臓疾患によりカロリー制限を医師から申し渡されたのは、わずか三年前であった。一日千六百キロカロリー。今や夢である。

そうこう悩みつつ、ポテトチップスを食いながらダイエット番組を見ていると、いかにも信頼の置けそうな大学教授が、「朝カレーダイエット」なる理論を展開していた。

朝食にカレーライスを食べるのである。カレーとご飯をそれぞれ二百グラム。辛口がいいらしい。あとは昼食と夕食を腹八分目。ただし何を食ってもよい。それだけでカレーの成分が代謝を促進して、みるみる痩せるという。

こんなウマい話などあるものか、と疑いつつも、もちろん聞き捨てならなかった。なにしろカレーライスは私の大好物で、朝食どころか三食続いてもいっこうに構わない。ためにインドを旅したときには、この世のパラダイスだと思ったほどである。週に一度の割合で神田古書店街に出没するのは、そりゃ書物を買う目的もあるが、実はその界隈に蝟集《いしゅう》する名門カレー店を渉猟し続けているのである。

というわけで、このウマい話はさっそく実行することにした。きょうで二週間。そろそろ劇的効果が現れるころである。ちなみに、その間ただの一度も体重計には乗っていない。

あちこち旅をして思うのだが、どうやらカレーライスは日本固有の食べ物であるらしい。

世界中のどこの国にも、ありそうでないのがトンカツとカレーライス。コトレッタやシュニッツェルが、わが国のトンカツと似て非なるものであるのと同様、たとえインドでも日本人がイメージするカレーライスにはお目にかかれない。

このふしぎな食べ物の起源については、昭和二（一九二七）年の新宿中村屋「インドカリー」であると一般には信じられているようだが、実はさらに古い歴史を持つらしい。たとえば、明治五（一八七二）年刊行の仮名垣魯文著『西洋料理通』には、「コリードビーフ」なる名称でレシピが紹介されている。

また一方では、明治期に海軍の艦内食として、いわゆる「海軍カレー」が導入された。帝国海軍はイギリス海軍をあらゆる範としていたから、インド発祥のカレーが海軍を経由してもたらされたのは必然であろう。ただしこのカレーに米飯を組み合わせて「掛け飯」としたのは、わが帝国海軍のアイデアかもしれない。カレーライスは兵食に適した高カロリーであるうえ、調理に際して手間がかからず、食器も皿一枚ですむ。まさしく軍艦の厨房で考案された傑作である。

やがて「陸軍カレー」も登場する。こちらの起源がいつであるかは未確認であるが、手元の資料にある限り、大正十（一九二一）年の「歩兵第三十三聯隊献立表」には「ライスカレー」が記載されている。同聯隊の所在地は三重県の津である。陸軍の標準献立は陸軍省糧秣本廠《りょうまつほんしょう》が立案するので、このころには全国の兵隊さんがカレーに親しんでいたのであろう。

参考までに、糧秣本廠が各部隊に配布した「軍隊調理法」のうち、昭和十二（一九三七）年版のレシピを紹介する。

「鍋に牛肉と少量のラードと少量の玉葱を入れて空炒りし、約三五〇ミリリットルの水を加え、まず人参を入れて煮立て、馬鈴薯、玉葱の順序に入れ、食塩にて調味し、最後に油粉捏《ゆふんでつ》を煮汁で溶き延ばして流し込み、攪拌《かくはん》す」

なかなか当を得た説明である。まず玉葱をカラ炒りするところなど、芸が細かい。ちなみに「油粉捏」とは読んで字のごとく、ラードと小麦粉とカレー粉を捏《こ》ね合わせた「カレールー」のこと。この時代ならば外来語の禁忌はないが、つとめて横文字を避けるのは帝国陸軍の伝統である。

しかし悲しいことに、昭和十九（一九四四）年に至ると陸軍の台所事情も貧しくなったらしく、「鯨肉カレー」や「兎肉カレー」がレシピに登場する。「ラード」も「食油」という記載に変わる。兵隊さんが楽しみにしていたライスカレーやカレー南蛮も、たぶんまずくなったであろう。

蘊蓄《うんちく》はさておくとして、私の「朝カレーダイエット」は続く。なにしろ朝食にカレーをいただいたあとは、何を食ってもよろしいのである。これならいつまでも続けられる。

ダイエット中に広島へと出張。ホテルの朝食は摂らず、カレー味のカップラーメンを食べるのである。全然苦にならぬ。

帰途に空港で「もみじ饅頭」などは買わず、呉軍港伝統の「海軍カレー」および「広島名産かきカレー・中辛」を大量購入。かってこれほどアグレッシヴかつポジティヴに、ダイエットを敢行したためしはなかった。おそらく三カ月を経ずして私の体重は、かつて自衛官であった青春時代に復し、サイズが合わなくなったままワードローブに眠っている大量のコレクションも、晴れて日の目を見るにちがいない。

まったくここだけの話であるが、この一年の間に、スーツ、ズボン、ワイシャツのことごとく、糅《か》てて加えて多くの靴や時計までもが使用不能となっているのである。この事態はただのデブではなく、財産の散佚《さんいつ》と言えよう。

編集部や読者からの苦言がない限り、近々に結果をつまびらかに報告する。けっして情報の隠蔽はしない。

スーパーマーケットの虜《とりこ》

近ごろ地方都市の周辺には、続々と巨大ショッピングモールがオープンして、消費の寡占化が進んでいるらしい。

私も旅先で何度か訪ねたことがあるが、スタイルはだいたい一律である。市街地から離れた場所に、夢いっぱいの満艦飾を施した大きな建物があり、アクセスが悪い分だけたくさんの車を呑みこむパーキングが用意されている。

食品や生活雑貨を売るスーパーマーケットを基幹として、ありとあらゆる種類のレストランやファストフード店、ブティック、スポーツ用品店、ブランドショップ、果ては映画館やゲームセンターまでが収まっており、それ自体がひとつの街という印象がある。

要するに、そこに行きさえすれば消費目的はすべて達成されるようにできている。いや、目的などなくても、行くだけで退屈しない。

たとえば、なぜ私が旅先で何度も訪れているのかというと、べつに夕食のおかずを買っているわけではなく、テナントとして入っている大型書店でサイン会が催されるからである。つまりあらゆる消費目的が達成されるうえに、ときどき小説家がサイン会などをしているのだから、これは退屈しない。

炎天下であろうが吹雪であろうが、車で一ッ走りすれば常に快適なお買物を楽しめる。気候条件の悪い地方ほど、こうしたショッピングモールが繁盛するのは自明である。しかも、今や日本の乗用車保有台数は世界第二位の５９００万台、アメリカ合衆国の1億３０００万台にははるか及ばぬが、国土と人口を考えれば、みなさん自家用車でお買物という現実はすでに同じであろう。

しかし、アメリカと異なる現実もある。長い時間をかけて形成されてきた地方都市の姿が変容する。市民生活と都市文化の中心であった商店街から客足が遠のけば、市街地そのものが重心を失うのである。おそらく地方都市の商店街がシャッター街と化している現実は、不景気のせいばかりではあるまい。

こうした現象を文化の喪失とまでは言わぬけれど、古い商店街が自存するためには現実に耐えうる限定的な職種に頼るほかはないわけで、おそらくどこであろうがいずれは甚だ味気のない、画一的な街並みに変わってしまうと思われる。

そもそも商売は単純なパワーゲームなのだが、そうした力学を否定し続けてきたところに日本固有の消費文化は成り立っていた。義理だの人情だの店主の人柄だのが相俟って、「贔屓《ひいき》」という消費者意識を構成していたのである。

そう考えると、おそらく自家用車の普及とともにアメリカから移植されたショッピングモールが、法には則《のっと》っていても礼を失した、つまりすこぶる非日本的なものに思えてならない。

私が初めてこの種の施設を知ったのは、一九七四年のホノルルであった。投宿した『アラモアナ・ホテル』からぶらぶらと散歩に出て、巨大スーパーマーケットに足を踏み入れたのである。むろん今日の『アラモアナ・ショッピングセンター』ではなく、そのあたりにあったマーケットであったかと思う。まるで体育館のようなその大きさ、商品の豊かさに仰天した。むろん当時はすでに、日本にもスーパーマーケットはあったが、商店街と併存する程度の規模であった。

さて、そののち年を経てアメリカ本土に旅をするようになると、今度は巨大ショッピングモールに出くわした。市街地から相当離れた、何でこんな場所にと思うくらいの郊外に、スーパーマーケットとレストランと各種店舗が複合した、それ自体がひとつの街と言ってもいい施設があった。つまり、今日の日本を席巻している郊外型ショッピングモールと同様のものである。

まさかこれが日本に渡来するとは思ってもみなかった。広大な土地があって、なおかつ自家用車が普及しているアメリカ固有の形だとしか考えなかったのである。

わが国に大規模小売店舗法が施行されたのは一九七四年であるから、ホノルルのスーパーマーケットもテキサスのショッピングモールも、日本では法的にありえぬと考えたのかもしれない。

今にして思えば、社会主義的な弱者擁護の法律ではなかった。むしろ実に日本的な、「和を以て貴しとなす」という道徳の法制化だったのではあるまいか。つまり、日本の社会ではそうした道徳が自由競争に優先すると考えていたから、たとえばスペースシャトルやラスベガスのカジノと同じくらいアメリカンな、日本には渡来するはずのないものだと思ったのであろう。

アメリカの文化はおよそ遅かれ早かれ日本にやってくるが、日本人的な理性で選別する勇気を持たなければ、やがて国家全体がシャッター街となるか、味気のない画一的な風景の中で、われわれは囚人のように暮らさねばならなくなる。

東京にささやかなスーパーマーケットが増え始めたのは、一九六〇年ごろであったと思う。

新宿の目抜き通りにあったその店を、初めて訪れたときの印象は今も忘れ難い。

食料品というものは、たとえ駄菓子屋のキャラメル一箱でも、勝手に触ってはならないはずであった。代金を支払わぬうちに品物に手を触れようものなら、泥棒と同じだった。どんなに忙しい夕昏どきでも、店員は必ず客と対面して品物を選別し、目方を量り、経木や新聞紙にくるみ、代金を受け取って「ありがとうございます」と頭を下げた。

ところがスーパーマーケットでは、備え付けの籠に客がみずから商品を入れるのである。レジで待ち受けている店員が合計額を計算して、袋に詰めてくれる。その一連の行為があまりにも常識にかからず、私は母の腕を摑んだまま瞠目していた。

ちなみに、草創期のスーパーマーケットにはまだビニール袋がなくて、大きな茶色の紙袋が使われていた。発泡スチロールのトレイもラップもないから、肉と魚は対面販売であったと記憶する。

私はたちまちスーパーマーケットの虜になった。買物を言いつかっても、混雑する町なかの商店では子供が後回しにされたり、人垣に割って入れなかったりした。その点、このシステムは実に公平だったからである。また、籠の中の商品の値段をいつも計算していたせいで、妙に暗算が得意になった。そうこうしているうちに、夕飯の買物は私の役目になってしまった。

以来、今日までスーパーマーケットの虜である。私の一日はまず折込み広告の精査から始まる。

しかしふと気が付けば、いつの間にやら街には八百屋も魚屋も消えており、買物の手立てはほかになくなっているのである。

スーパーマーケットの虜、という言い方は比喩ではあるまい。好むと好まざるとにかかわらず、私たちは便利という名の不便、調法と錯誤した不調法の檻の中の、虜囚になってしまった。

続報・華麗なるカレー

開口一番、まずはかれこれ三カ月も続けている「朝カレーダイエット」の経過報告をする。

ルールを復習しておこう。

朝食に必ずカレーライスを食べるのである。原則的には辛口、カレーとご飯をそれぞれ二百グラム。あとは昼食と夕食を腹八分目。ただし何を食べてもよろしい。旅先などでカレーライスを求められぬときは、カレースープ、カレーパン、カレー味のヌードル類でも可である。これだけでみるみる痩せるらしい。

この二十年来、ありとあらゆるダイエットに挑んできたが、どう考えたってこれほどチョロいルールはあるまい。ましてやカレーは大好物なのである。

私はいったんこうと決めて始めたことは、なかなかやめない。頑固。執念深い。意地ッ張り。おのれの非を認めぬ。もしくはサル。わかりやすく言うと、運動会の俵引きに際して、いつも最後の一人となって敵陣に引きずりこまれていた。

しかし「朝カレーダイエット」は俵引きのようにすぐには結果が出ぬ。

正直のところを言うと、もうカレーは見るのもいやだ。羽田空港の到着ゲートを出たとたん、あたりに立ちこめるカレーの臭いには悪意すら感ずる。もし万が一、インドに出張となったら、どれほど法外なギャランティが約束されていようとも断じて拒否する。

このごろでは、加齢臭ならぬカレー臭が体から立ちのぼっている。加齢にカレーがジョイントした臭いは華麗である。

しかし、肝心の体重はどうかというと、これがふしぎなくらい、ただの一キログラムも減ってはいない。

このダイエット法の提唱者の名誉のために付言しておくと、結果が出ないのはすなわちこの方法がまちがっているのではなく、明らかに私の性格と生活環境がこれに適合していないのである。

まず、昼と夜との「腹八分目」という按配がわからない。齢《とし》をとると食が細くなると言われているが、私の場合は若い時分よりずっと食欲旺盛で、ことにこのごろはほかの欲望がめざましく減退した分だけ、食い物に執着するようになった。つまり、このくらいが「腹八分目」だろうと思って箸を置いても、数年前にはとうてい食いきれなかった分量を食べているのである。

ましてや、毎朝うんざりとカレーライスを食い続けている分だけ、昼夜はカウンタラクティブに、食いたいものをしこたま食ってしまう。なにしろカレーライスを食いながら、昼飯は何にしよう、などと埒《らち》もないことを考えている。

これはまあ、いわゆるイスラム圏における「ラマダン太り」と同じ原理であろう。苦行のあとの反動食いによって、実はふだんよりもカロリーを摂取しているのである。

さらにまずいことには、三本の長篇連載小説が時を同じゅうして佳境に入り、書斎にこもりきりの時間が長くなった。万歩計は電池を切らしたまま机上に眠っているが、長年それを帯用した正確な勘を働かせるに、おそらく一日五百歩を上回ることはあるまい。

というわけで、提唱者の理論とはもっぱら関係なく、体重は変わらないのである。しかし、ふと考えるに、カレーライスを食い続けているから変わらないのかもしれぬ。体重が減らないのではなく、本来ならこの三カ月で三キログラムくらい太るはずが、カレーの効果で抑制されている、というのはどうだ。

きわめて都合のよい解釈ではあるけれど、そう思ったとたん、今度はやめるのが怖くなった。

かくして私はガンジス河畔の苦行僧のごとく、今もカレーライスを毎朝食べ続けている。辟易したときにはこう考える。苦行僧ならずとも、インド人は毎食カレーを食べているではないか。彼らにできて日本人にできぬ道理はあるまい。ましてや朝の一食、何のこれしき、と。

チョロいはずのダイエットは、私の性格と生活には適していないらしい。そうとは知らず、思いもよらぬダイエット・スパイラルに嵌《は》まってしまった。

ところできのうの夕昏どき、散歩をかねてカウンタラクティブにみずから惣菜を買いに出かけた。狙いはカレーより好きなテンプラである。

久しぶりに顔を合わせた惣菜屋のおやじは、「おっ、ダイエットしたね」と言った。

怪談である。彼が私の連載エッセイの一篇「華麗なるカレー」を読んでいる可能性は低い。だとすると、社交辞令というやつか。

久しぶりに会った女性編集者に対して、私もしばしばこのようなことを言って糠喜びをさせる。しかしやっぱり、テンプラを揚げながら口にする文句でもあるまい。

そこで、急激かつ劇的にカレーダイエットの効果が出たのではないかと考えた私は、しこたまあれもこれもと買うところを、「腹八分目」とおぼしきあたりにとどめ、家に帰るやたちまちパンツまでかなぐり捨てて体重計に乗った。

個人情報につき、数字は自分史上最高記録の前後を示していた。しかし、ビタ一キロ減ってはおらず、パンツもはかずに懊悩した。（おっ、ダイエットしたね）というおやじの声が、呪文のように頭をめぐった。考えこむうちに、エコーがかかってきた。

ダイエット、ダイエット、ダイエット……。

ついにダイエット・ノイローゼか。精神科のホームドクターに連絡すべきかどうか、私は迷った。惣菜屋のおやじが何の根拠もなしにそんな不用意な発言をするはずはない。つまり、カレーダイエットに執心するあまり、（おっ、ダイエットしたね）という幻聴に遭遇したのであろう。

身なりをきちんとすれば、着ヤセをするタイプである。しかし、スーツを着てテンプラを買いに行ったわけではない。

　これはまちがいなく幻聴だと頭を抱えること数分、すばらしくクールな解答が閃いた。

　今年は新刊の販促だの映画の宣伝だので、しばしばテレビに顔を晒《さら》している。このごろの画面はどんな顔でも幅が広く映るのである。その証拠に、スタジオで会うアナウンサーやキャスターのみなさんは、テレビで見るよりずっとスリムなのである。

　久しぶりに会った惣菜屋のおやじは、テレビで近ごろ見かけた私と比べて、「お、ダイエットしたね」と言ったのだ。

　かにかくに、こうしてうじうじと考え続けること自体、すでにノイローゼなのかもしれぬ。

　数日後にはセルビアのベオグラードで、国際ペン大会が開催される。かの国では「朝カレーダイエット」を中断するほかはあるまいが、帰国後の体重が今から怖くてならない。

　やっぱり、ノイローゼ。

トランジット・ロマン

旅には三つの楽しみがあると言われている。

ひとつは旅をする計画や準備、ひとつは旅そのもの、そしてもうひとつは旅の記憶である。

むろん私が言ったわけではない。誰かがこういうシャレたことを言った。うむ、たしかに言い得て妙ではあるが、どことなく初心者っぽい。少なくとも齢《よわい》五十九、その二割か三割くらいの夥《おびただ》しい時間を羈旅《きりょ》の空に過ごしているおじさんが、こういう青臭いことは言わぬ。

旅は人生なのである。この手の旅ジイにとっては、計画など今さら改まって立てる必要はなく、準備は面倒くさいばかりで、「記憶」は「経験」に置換され保存される。

しかし、旅は非日常であるから、その本質たるロマンチシズムが損なわれるわけではない。人生の未知なる部分は、むしろ年齢とともに旅に集約され、そのロマンチシズムは濃密になるのである。

具体的に言えば、若者たちは旅の目的地に楽しみを求めるが、旅ジイはいにしえの道中のごとく、そこに至る経緯をまず味わうようになる。つまり空港に向かう道すがらや、ラウンジでのフライト待ちのひとときに、高揚感ならぬロマンチシズムを感ずるようになったら、めでたく旅ジイの仲間入りということになろうか。


羽田発深夜一時三〇分。パリ行き。いやはや世の中も変わったものである。その昔、フランク永井が『羽田発7時50分』という歌を唄っていた。たぶん大阪行きの最終便、という意味だったのであろう。

旅の目的は、セルビアの首都ベオグラードで開催される、国際ペン大会への参加である。しかし旅ジイには準備も計画もない。だいたいからして、セルビアが世界のどこにあるのかも知らなかった。

そんなこと、まさかペンクラブには訊けないので、口の堅そうな編集者に電話をした。「あー、浅田さん。スペインはセルビアじゃなくって、セビリアですね。セビリアの理髪師のセビリア。あー、それもちがいます、セゴビアもスペインです。もしやスペインに行きたくて、希望的な思いこみをなさってませんか。セルビアっていうのは、旧ユーゴスラビアですね。ほら、地理はわからなくても歴史ならお詳しいでしょ。第一次世界大戦の発端は、オーストリアとセルビアの戦争ですね」

これからそこに行くとも言えず、不在中の締切原稿を片付けてから、迎えの車に飛び乗った。

加齢とともに体重は増えたが、そのぶん荷物は減り、総重量は変わらぬ。箱根に行くのもセルビアに行くのも、同じ鞄である。

車に乗ってから、オヤ、日本ペンクラブには迎車の予算なんてないはずだ、と気付いた。するとやっぱり車は羽田に向かわず、早稲田大学大隈講堂に到着したのであった。そうそう、考えてみれば出版社主催の「戦争と文学」というシンポジウムに参加してから、羽田に向かう予定であったのだ。

当然のことながら、終了後にはたいそう時間が余った。そこで、前出の編集者とは別のみなさんと理由なき宴会を催し、「スペインじゃないからね」などと、即席の蘊蓄《うんちく》を傾けた。

それにしても、世の中は変わったものである。七時五〇分どころか、一時三〇分という非常の時刻に羽田からパリ行きの便が飛ぶ。

ならばきっとガラガラかと思いきや、羽田空港国際線ターミナルは、時を怪しむ大混雑であった。そりゃそうだろう。この時間に飛んで早朝六時二〇分パリ着というのは、実に使い勝手がよろしい。

とりあえずは、ラウンジで食傷ぎみのカレーライスを食べる。ここのカレーはそれくらいうまい。問題は機内でも夜食と朝食が供される点であるが、旅先でのダイエットほど愚かしいものはあるまい。

話を端折《はしょ》って、定刻通りにシャルル・ド・ゴール国際空港着。しかし驚くべきことに、ベオグラード行きは九時四〇分発、およそ三時間余のトランジットであった。こんなことを事前にわかっていないという余裕は、まさに旅ジイの面目躍如たるところである。

そして旅ジイは、こうしたトランジットの無為の時間を好むのである。早朝というのがまたよい。ラウンジには人影もまばらで、明けゆくパリの空を眺めながら、何思うでもなく時を過ごす。ついでに、そこいらに供されている軽食やおやつを、一ッ通り食らう。何思うわけでもないが、思えば理由なき宴会から始まって、羽田のカレー、機内の夜食と朝食と、寝ているか食っているかの堕落に慄然とした。

と、まあこうした旅程で四泊五日の東欧への旅というのは、なかなか忙しい。とりわけ今回は、昨年の東京開催のお礼を世界中の代表団に申し上げねばならず、併せて東日本大震災に対して寄せられたご厚意への感謝を述べ、原発事故の経過についても公式の壇上で説明をする必要があった。

ベオグラードはドナウ川に面した美しい都なのだが、町なかには今も空爆の跡が生々しい。

この国の歴史は戦争の歴史です、とセルビアの詩人が言った。地理的に軍事上の要衝となるバルカンには、たしかに戦火が絶えなかった。しかし敬すべきは、それでもセルビアの詩人はセルビアの詩を詠《うた》い続けてきたのである。

ベオグラードとはセルビア語で、「白い町」という意味であるらしい。

各種セミナーに参加したかったのだが、亡き母の十三回忌法要があるので、早々に帰国しなければならなかった。まさか施主が海外出張のため不在という理屈は通るまい。つまり旅ジイの旅程には、こうした世事もかかわってくるのである。

帰途はフランクフルト乗り継ぎで成田。よもやと思って旅程表をよくよく見れば、やっぱりトランジットは五時間もあった。しかし、海外出張のため死に目に会えなかったおふくろの法事である。

ふたたび、たそがれのフランクフルトで無為の時間を過ごした。そう、「無為」である。旅ジイにとっての「無為」は、「優雅」の同義となる。

片道二十時間余。四泊五日の旅に丸二日間の移動時間を費やした。十年前なら我慢ならぬであろうが、なあに物は考えようで、ＪＡＬとエアフラとルフトを乗り継いだうえ、優雅なトランジットのひとときを過ごしたと思えばよい。

きっとこの先の私の旅は、思いがけぬほどロマンチックに変容するのだろう。人が老いるのではなく、窓辺に移ろう景色のように、旅が変わってゆく。

前とうしろ

かつてソウルを訪れた際、思いがけぬ質問をされた。
「日本人はどうしてみなさん、うしろ向きになって靴を脱ぐのでしょうか」
場所は市内の韓国料亭で、私を接待して下さったのは映画監督やプロデューサーであった。さすがは業界人、ちょっとした客の動作に注目していたのである。

玄関で靴を脱いでから屋内に入る国は、私の知る限りでは日本と韓国だけであるから、この質問はまったく初めてで、かつ思いがけなかった。

私はわからんことは素直にわからんと言う主義なので、このときも「子供のころからの習慣です」とだけ答えた。すると私同様に素直な韓国人は、「来たとたんに帰り仕度をしているように見えます」と言った。

正解のようでもあり、誤解のようでもある。たぶん正しくは、「帰るときに他者の手を煩わせないため」であろうかと思う。

私は礼法など知らないけれど、「うしろ向きになって靴を脱ぐ」という動作はまさか正式ではあるまい。いったん脱いだ履物を、みずからの手で正面に向け、要すれば玄関の端に置き直すというのが正しい作法であるように思う。

つまり、きちんとそこまでやれば「帰り仕度」とは思われまいが、いきなり主に尻を向けて靴を脱いだのでは、誤解をされても仕方あるまい。世の中が合理化をめざせば、古いしきたりは省略される。いっそ消えてなくなれば問題も残らぬのだが、このように形骸化されると、あらぬ誤解を生ずるのである。着いたとたんに帰り仕度をされたのでは、主が不愉快を感じて当然であろう。

さまざまの生活習慣を共有し、儒教的道徳をともに根幹とする日本と韓国には、このように「おたがいが省略した結果の誤解」というものが多々あるのではなかろうか。

宴席ではそのようにかくかくしかじかと弁じて誤解は解いたものの、いざ日本に帰ればうしろ向きに靴を脱ぐどころか、たいていは脱ぎっぱなしにするおのれが呪わしい。

ここまで書いてふと、かつてアメリカ人に似たような質問をされたことを思い出した。

　パーキングに車を止めてホテルに入ろうとしたら、陽気でヒマそうな係員に声をかけられた。

「日本人は運転がうまいね」

　チップの要求かと思ったが、素朴な感想であるらしい。彼の弁によると、日本人はたいていバックからの車庫入れを一発で決めるのだそうだ。

　運転がうまいわけじゃなくて、日本の駐車場が狭いだけさ、と私が答えると、ヒマな係員は次なる質問を浴びせてきた。

「ところで、日本人はどうしてみんなバックで車を止めるんだね。そういう法律でもあるのか」

　そんな法律はない。しかし言われてみれば、アメリカの駐車場ではほとんどの車が頭からつっこんで止めてある。私の車だけがいかにも「帰り仕度」のように、フロントをこちらに向けていた。

「出るときに楽だろう」と私が言えば、「入るときも出るときも手間は同じだ」と係員は応酬する。

　さして考えるまでもなく、この理屈は先方のほうが正しいと感じたので、チップを切って立ち去った。

教習所ではたしか、「駐車場はバックで」と教えられたように思う。今さらその理由など、四十年も昔の話なので思い出せぬ。まさか「出るときに楽」だからではあるまい。たぶん、出庫のときに視野が正面にあったほうが安全、という意味なのであろう。

しかし、バック駐車にこだわるあまりほかの車の迷惑となったり、あげくの果てにコスッたりぶつけたりという事故も多いのだから、やはり何が何でもバックで、という考え方はいささか教条的であると思える。

もうひとつの理由として考えられるのは、道路の幅員と駐車スペースの狭さであろうか。そうした条件を克服して車をキッチリと止めるためには、バックからの切り返しが有効である。常日ごろからバック駐車の習練を重ねているわれわれの繊細なハンドル操作が、アメリカ人の目には「日本人は運転がうまい」と映るのかもしれぬ。

しかし、とっさにはそこまで考えつくわけもなく、考えたところで英語力にはまるきり欠けるので、理由なきチップに変わったのであった。

ところが話はこれで終わらない。私がチェックアウトをすませ、大きなスーツケースをコロコロと曳いて駐車場に戻ったところ、またしても陽気でヒマそうな係員と目が合った。

チップという慣習を憎んでいる私は、つとめてボーイに荷運びなどさせぬのである。ことにチェックアウトに際しては、一ドル惜しさのためにスーツケースを曳く。正しくは慣習を憎んでいるのではなく、根がセコいのである。

むろんこのときも、たかだか車に荷物を運ぶだけでチップを払わされてもかなわんと考え、冷ややかに視線をそらした。そしてまたコロコロとスーツケースを曳いて行ったのだが、実にまずいことにはキッチリとリアから駐車したがために、ワゴン車の荷室が開かぬのであった。

ふと振り返れば、陽気でヒマそうな係員は首をかしげ肩をすくめて、「ほれ見たことか」とばかりに苦笑していた。

もしかしたら彼は、最初からこの結果を予測していたのかもしれない。レンタカーでやってくる日本人宿泊客は、みな同じ失敗をくり返しているのではあるまいか。つまりベテランの駐車場係員から見れば、「日本人は運転がうまいね。だがしかし――」なのである。

私たちは生活習慣として、うしろ向きに履物を脱ぎ、リアから駐車する。今さら物を考えず、いわばおざなりにそうしているのであるが、外国人の目には非礼と映り、あるいは非合理的な一律性に見えるのである。

よくよく考えてみれば、こうした例は枚挙にいとまないのかもしれぬ。

むろん、会話力さえあれば前述したような理由を開陳することも可能であろう。しかし納得させることは難しい。いかなる理由があろうと、主に尻を向けて履物を正したのは紛れもない事実であるし、荷室のドアが開かないという近未来を想定しなかったのも、またたしかなのである。

器用で勤勉で聡明な私たちではあるけれども、今一歩の思慮に欠けるというのも、どうやら揺るがし難い国民性であるらしい。

チップの考察

旅先におけるチップについて、思いつくままに書いてみようと思う。

チップ。何と煩わしい習慣であろうか。食事をしてもお茶を飲んでもタクシーに乗っても、規定料金にいくばくかの金額を上乗せしなければならぬ。むろんサービスに対する謝意であるから、気に入らなければ払わなくてもいいのだろうが、旅行者がそうした冷静な判定などできるはずもなく、いちいち頭を悩ますはめになる。

たとえば、近ごろのガイドブックにはたいてい「チップの目安」が記載されている。ベッドメイクに1ドル、ポーターには荷物一個につき1ドル。これはまあわかりやすい。しかし、「タクシーはメーター料金の十五パーセントがチップの目安」と言われたって計算に困るのである。

むろん、心付けであるからには細かな計算は不粋だが、だにしても「だいたい」という金勘定は日本人の気質にそぐわない。そのうえ小銭の持ち合わせがなく、語学力にも欠けるとしたら、もうお手上げである。

外国、ことに欧米諸国では、日がな一日この習慣に煩わされるのだから始末におえない。さらにはこのごろヨーロッパの主要都市では、あらかじめサービス料を加算して請求するレストランが多く、これも旅行者が困惑する原因となっている。はたしてサービス料なるものが旧来のチップの化身なのか、それとも別の付帯料金であるのか、私はいまだによくわからない。

また私見ではあるが、ガイドブックに記載されているチップの目安はかなり過分に思える。いくら何でも現地の人々が、高級レストランで食事をして十五パーセントのチップを置くことはあるまい。

かくして以上のような煩雑さを避けるために、私はあるときから、請求金額にかかわりなく定額のチップを置くことに決めた。本来は心付けであるのだから、煩わしい計算はそれ自体が理に適わぬと考えたからである。

レストランもタクシーも、ベッドメイク同様に画一化してしまったら、ふしぎなくらい旅心が軽くなった。

さて、こうした煩わしさも、そもそもは私たちがノーチップ制の社会に生まれ育ったからである。きょうび無分別にチップなど渡そうものなら、かえって何様だと思われるのがオチであろう。

ところが私の記憶する限り、かつては日本も欧米同様であった。若い人には意外な話であろうけれど、少なくとも私が子供の時分、すなわち昭和三十年代までは、やたらと祝儀や心付けを手渡す習慣があった。

飲み食いをして釣銭を受け取らぬのは当たり前、祭だ花火だといえば祝儀が飛び交い、若い衆の力を借りれば必ず手間賃を切り、各家庭にやってくるゴミの収集にも、煙草一箱を「ごくろうさん」と言って手渡したものであった。

もしかしたら江戸前の習慣かもしれないが、そうした出費を重ねる家族を見て、幼な心にも大人は大変だなあと思ったものである。しかし、まこと都合のよいことに私が大人になったころには、そうした習慣がほとんどなくなっていた。つまり、貰うだけ貰っておきながら、与えたためしはとんとない幸福な世代なのである。

父母や祖父母は、等しくその不文律に順《したが》ってチップを払い続けてきたのに、私たちの世代からノーチップ制に変わったということは、いわば歴史的な税制改革の恩恵に浴したようなものであった。

まさかある日突然、そうなったはずはない。高度経済成長によって貧富の格差が縮小され、他者に対してみだりに金銭を手渡すことが、次第に善意とばかりは言えなくなったのであろう。アメリカの社会を規範としながらも、なぜかこの部分については逆行したことになる。おそらく高度経済成長の間に、私たちは日本人の基本倫理である「廉恥」や「矜恃」の精神を、喚起させたのではあるまいか。

チップ。久々に英語辞書を引いた。老眼鏡をかけても、aとbとcとdの見分けがつかぬ。

tipは「心付け」「祝儀」。ほかに「先端」という意味もあって、野球のファウルチップはこちらであるらしい。

chipは「かけら」「細片」。ポテトチップスやポーカーチップはこちら。ゴルフのチップインもこっちだそうだ。野球のチップとゴルフのチップがちがうものとは知らなかった。

tipにはほかにも、「助言」「秘訣」「予想」といった意味もあるらしい。いずれもギャンブルには不可欠の単語である。

t・i・pとc・h・i・pはむろん発音は異なるのであるが、私がしゃべれば同じ「チップ」で、ためにカジノにおいてはしばしば恐慌をきたす。

大当たりの目が出たとき、ディーラーにチップのチップを投げるのである。あるいはドリンクを運んできたウエイトレスに、チップをチップで渡す。さらには、適切なチップに対してチップをチップではずむ。

こうしたとき、へたにしゃべろうとすると相手もわけがわからなくなるのである。「チップ」は禁句と心得て、プリーズとサンクスとお愛想笑いですますのが賢明であると、このごろようやく知った。

それはさておき、私たちが欧米流のチップの習慣になじめぬのは、もっと根源的な理由があるように思える。たとえばキリスト教社会ならではの「施し」、あるいは植民地主義や奴隷制度の遺産、という考え方はどうであろう。もしそうした起源があるとすれば、サービスに対する感謝という理由だけでは何となく納得できぬ私たちの気持ちも、説明がつくように思えるのである。

もしそうだとすると、私が幼いころに経験した心付けの習慣も、実は江戸前などではなく、あんがい明治以降に欧米から移入されたのかもしれない。あるいはさほど普遍的習慣ではなかったから、高度経済成長期にあっさりと姿を消したと考えれば、これもまた説明がついてしまう。

長きにわたる武家社会の理念としては、金銭は不浄なるものと規定されており、ために立前として商人は四民の下層に位置づけられていた。良識ある侍は物を購《あがな》うにしても、金銭にはいっさい手を触れず財布ごと商人に渡し、必要な代金を取り出させたらしい。私たちの遺伝子の中には、そうした時代の記憶が組みこまれていて、チップに対する抵抗感になっているのかもしれない。だとすると、近ごろ取り沙汰されている「子供手当て」なるものに対する倫理的な忌避感も、由来は同様であるように思える。やはり日本人の「廉恥」や「矜恃」の精神にそぐわぬのである。

それとも、たかがチップに関してかくも思い悩む私が、セコいだけなのであろうか。

お約束

ハリウッドのアクション映画には揺るがせにできぬ定型シーンがいくつもあって、毎度バカバカしいとは思うのだが、なけりゃないで約束を破られたような気分になる。

代表格は何と言ってもカーチェイス。このパターンの起源がどの作品かは知らないが、本を正せば西部劇の馬と駅馬車、もしくは『ベン・ハー』の戦車レースあたりなのではあるまいか。ともかくカーチェイスのないアクション映画は、たとえば印籠を出さぬ『水戸黄門』のようなものである。

このカーチェイスという見せ場は、わが国でも戦後の日活アクション映画などには採用されていたのだが、お約束事として定着することはなかった。第一の理由は市街地ロケが不可能なせいであろうけれど、世界一の厳正な交通マナーを持つ観客に、あんがい受けが悪かったとも思える。他国の出来事ならまだしも、日本ではありえぬし許されぬ、というわけであろう。

　カーチェイスに次ぐお約束事としては、「爆発のカウントダウン」がある。またかよ、と思いつつも掌に汗を握るおのれが呪わしい。だいたいからして、テロリストの仕掛けた爆弾にカウントダウンの表示が付いているはずもなかろう。ましてやその数字が、「1」で止まるということもわかっているのに、やっぱりハラハラするのである。

　このごろ私がハマッているハリウッド製の連続テレビドラマでは、凶悪犯のアジトに主人公の刑事たちがピストルを構えて飛びこむ、というシーンがお約束。おかしなことには、彼らの後に完全装備のスワットが続く。

　どうしてライフルよりピストルが先なのだ、なぜ彼らだけがヘルメットを冠《かぶ》っていないのだ、といちいち疑問を抱くのであるが、この突入の順序もまたお約束事なのだから仕方がない。

　カーチェイス。カウントダウン。突入の順序。こうしたドラマの定型シーンは、おそらくアメリカ人の美意識を象徴しているのであろう。すなわち、「速度」「破壊力」「勇気」である。

　むろん私たちも同じ人間である限り、そうした実力を理解できぬわけではないが、やはり「他国の出来事」という条件付きでなければならぬ。これらを日本のドラマに移植するにあたっては、まず公共心や道徳心を超克せねばならず、なおかつそうした事態が不可欠であるという論理性を組みこまなければ、観客は納得しない。

映画やドラマにかかわらず、日本がアメリカの流儀を志向すればおのずと限界がある。他者を模倣するのではなく、自己を模索するという姿勢がなければ、観客も国民も真に納得することはあるまい。

そうしたアクションのほかにも、ハリウッドのお約束事はいくつか思いうかぶ。

たとえば、シャワーシーン。これの嚆矢《こうし》はヒチコックの『サイコ』であろうか。以来、この傑作スリラーの祟《たた》りのせいか、シャワーシーンでは凶事が起こるというのが、ハリウッドの定番となった。

それも、被害者はきまって美女である。毛むくじゃらのオヤジがシャワーを浴びながら襲われる、というシーンはいまだかつて見たためしがない。むろん見たくもないが。

考えてみれば、いちいちシャワーを浴びているときに襲われるという事件もそうはあるまいし、ましてや必ず美女である、というのも現実味を欠く。おそらくは密室の恐怖、あるいは徒手空拳の恐怖をつきつめて演出すれば、シャワーシーンに帰結するのであろう。

密室かつ徒手空拳というなら、場所はトイレであってもよさそうなものだが、ひとつのパターンをそこまで援用しないのはハリウッドの見識といえる。

もっとも、『サイコ』の時代には日本人の生活にシャワーなどはなかったのである。だから多くの日本人にとって、カーテンで仕切られたシャワールームは未知の空間で、それだけでも恐怖心を抱いたはずであった。

日本の映画やドラマにシャワーシーンは少ないが、『水戸黄門』にはやはり美女の入浴シーンというお約束事があった。ただし、ほとんどストーリーとは無縁で、貼り付けたような一場面であった。ところが、これがなかなかよかった。露出度が低いゆえの艶があり、お約束を果たしてもらった安堵感もあって、ころあいの閑話休題となっていた。

同じ虚構のお約束事でも、アメリカ人はスリルを求め、日本人は安息を希《のぞ》むようである。

それにしても、ヒロインにちがいないと思っていた『サイコ』の美女が、冒頭であっさりと姿を消してしまったのは意外であった。結末よりもその展開のほうが、ヒチコックの真骨頂のように思える。

さて、このごろ気付いたハリウッドのお約束事がある。歯を磨くシーン。これまでさほど意識してはいなかったのだが、平穏な家庭の朝を描こうとする場合、歯を磨きながら夫婦が会話をかわすというシーンがしばしばある。

これもやはり、他国の習慣だと思って看過しているのであろうが、もし日本の映画にこのシーンが出現したなら、まさに噴飯ものである。私たちにとっての歯磨きは衛生上の行為にとどまらず、身の穢れをひそかに潔斎《けっさい》する習慣だからである。

仮に、その廉恥の感情を抜きにしても、歯を磨きながら会話をすることなどできるであろうか。無責任に書くのも何であるから、つい先ほど鏡に向き合って試してみたのであるが、私がかろうじて発音できたのはア行五音のみであった。

少なくとも歯を磨きながら、

「ムリは言わないでくれよ、レイチェル。そりゃあ子供たちを学校に送るのは僕の務めだけど、そのために出張をやめるわけにはいかない」

などとは言えぬ。よほどの主張をするにしても、十分に口をすすいだのちである。もしやアメリカの歯ブラシや歯磨き粉は、国産品とちがうのかと考えもしたが、ホテルのアメニティ・グッズを思い起こす限り、べつだんのちがいはない。

日本は明治維新よりこのかた、国家の制度や科学技術についてはヨーロッパ諸国を規範としてきたが、こと庶民文化や生活習慣については、およそ百年前の太平洋定期航路開設以来、アメリカの影響を最も多く受け続けてきた。占領下における日本のアメリカ化というのは誤解で、むしろ大戦下の四年間だけ、私たちの生活からアメリカ的なものが排除されたといったほうが正しい。

しかるに、両国にはそれぞれの歴史と伝統がある。それらを無視した協調は追従でしかない。国家の名誉と国民の幸福のために、戦争もせず追従もせずに協調する秘訣は、あんがい銀幕の中のお約束事に隠されているのではあるまいか。

アメニティ・グッズ

歯を磨きながら、何とはなしに洗面所の抽斗《ひきだし》を開けると、旅先から持ち帰ったアメニティ・グッズが溢れ出た。

使い捨てのカミソリ、歯ブラシ、入浴剤、それらはまあよしとしても、このごろではとんと縁のなくなったはずの、ヘアーリンスや整髪料、櫛、ブラシのたぐいまでが抽斗のつっかえるくらい詰まっていた。もしやと思って下段を開けると、ここも同様である。

なるほど、こういう次第であれば家人も物言いをつけるはずだ。

歯磨きの時間はあんがいヒマなので、ついでにあちこち調べてみた。靴下の抽斗のまるまる一段を占拠しているのは、温泉旅館の小物袋とタビ。棚の高みにはアッパークラスのスリッパが一ダース。つまり洗面所の収納の何分の一かは、私が持ち帰った品々、しかも日常生活ではまったく不用と思える品々で占められていたのであった。

いささか呆れもしたが、考えてみれば例年海外のホテルには三十日ぐらい、国内はそれに倍するくらい泊まっているのだから、お持ち帰り自由のアメニティ・グッズを、当然の権利と考えていちいち持って帰れば、こういう結果になるのである。

それらのひとつひとつには、ホテルや旅館のネームが入っているので、メモリアル・グッズ、とも思える。だとするとコレクションの一種にはちがいないが、歯を磨きながら漫然と眺めれば、やっぱりさほどの値打ちは見出《みいだ》せぬ。すなわち「不良在庫品」である。

その証拠に、こうして歯を磨いているときもそれらを使ったためしはなく、髭は電気カミソリで剃り、いわんや機内スリッパや温泉旅館のタビなど、家で履こうものか。

よし、思い切って捨てるかと勇み立つのだが、こうまで大量になるとおのれの人生そのものに思えて、決心はたちまち挫けた。

昭和二十六年生まれの私は、人類史上にも稀なる高度経済成長期にすくすくと育った。まことに幸福な世代である。よって、物不足の時代から物の氾濫する時代をつぶさに体験した。それもあらましは、多感な青少年期の出来事であった。

昭和三十年代の旅は、洗面道具一式が必需品であった。そもそも「使い捨て」の品物が存在しなかったのである。

旅館の洗面所には小皿に粗塩が盛られていた。歯ブラシを持ち合わせぬ客は、指に塩をつけて歯を磨いたのである。

シティホテルは外国人旅行者か貴顕社会の専用物であったから、むろん泊ったことなどはなかった。ビジネスホテルなるものが世間一般に広まったのは昭和四十年代も後半であったと思う。そのころから使い捨てグッズが旅先に用意されるようになり、また何か不足な物があっても、「買えばいい」と考えるようになった。生産力とサービスが飛躍的に向上した結果、旅が身軽になったのである。

つまり、そうした経緯をつぶさに体験したがゆえ、私はいまだにアメニティ・グッズをサービスもしくは好意として認識することができず、「これも料金のうち」といういじましい考えに囚われてしまうらしい。

かくしてわが家には、家人の励行する断捨離などくそくらえとばかりに、アメニティ・グッズが増殖してゆく。

しかし、こうしたサービスの普及は日本が先進であった。私が頻繁に海外に出るようになった二十年前には、よほどの高級リゾートでもない限り日本なみのグッズは揃っていなかった。

パリの名の知れたホテルに泊まったはよいものの、バスルームには石鹼とシャンプーがあるくらいで、わざわざ冬の町にカミソリやら歯ブラシやらを買いに出た記憶がある。高い料金を取っているくせに、と腹を立てたものだが、実はそれが当時の世界標準であった。

むろん今日でも、ホテルの格にかかわらずそれらを備えていない場合もままある。そこで旅立ち前には、いくらでもある不良在庫品の中から日数分を持って出るのだが、予想に反して完備されており、しかもツインルームのシングル・ユースだったりすると当然過分となり、ついでに往復の機内サービスもいじましく頂戴したりするから、帰国したときは自分で自分がいやになるくらい、鞄の中がアメニティ・グッズだらけになっている。

かくして、増殖は際限もなく続く。

どうやら、物のない時代に生まれたあと、急激な経済成長に遭遇した私たちの世代は、貧しかった父母たちよりももっと「使い捨て」の文化になじめぬようである。物を大切にするという道徳を叩きこまれたあとで、物の氾濫する社会に身を置くこととなった。

父母には節操があったし、子供らは余分な物を欲しがらぬ。しかし団塊世代の私たちはおしなべて、世間の善意を信じようとせず、タダなら貰っておくのである。

さて、こうした厄介な世代がいよいよまとめて高齢化するとなれば、その厄介さかげんは単純な数値では測れまい。量も量だが、質も質なのである。

宿のサービスもここまで充実してくると、いったいどれがお持ち帰り自由なのか、はたまた不可なのか、判断に苦しむ場合もある。

タビは可だが浴衣は不可。それぐらいはわかる。

日本茶のティーバッグは無料だが、コーヒーのドリップバッグは有料。難しい。

温泉旅館の手拭は記念品。しかしホテルのタオルは常備品。微妙である。

要は、使い捨てと思われる物は持ち帰り可、長期の使用に耐えそうな物は不可、というのが一応の判断基準であろうが、旅先でいちいちそんなことに気を煩わせているのは、私ぐらいのものであろうか。かと言って、「ご自由にお持ち帰り下さい」などという但し書きを見ると、何となく自分の良識が疑われているような気にもなる。

先日、投宿した温泉旅館の仲居さんがこぼすことには、このごろ急増した外国人旅行客が、あれこれ勝手に持ち帰るので往生しているらしい。

浴衣と丹前が大人気で、まあこれはわからんでもない。もうひとつ、世界一小さくて硬いソバガラの枕。なるほど、と思いもするが、これらを一揃い持って帰られたのではたまったものではなかろうし、持ち帰るのもさぞ大ごとであろう。

他人事《ひとごと》ではあるまい。齢《とし》を食って判断力が鈍れば、私だって何をうっかり持ち帰るかわかったものではない。

まずはわが家の洗面所を埋め尽くすアメニティ・グッズ、蛮勇を揮って断捨離せねばならぬ、と思った。

文明の利器

買物をする際には、「よいものを選んで長く使う」をモットーにしている。何が何でも、というわけではないが、経済性、合理性、ミエ、快適さ、等々さまざま考えてみると、広義での耐久消費財に関してはこの方法が総じて得だからである。実はたいそうセコい性格の私が、一見そうと悟られぬのもこのお買物術の賜物であろう。

好例は自家用車で、カーマニアを自称しているわりには買い換えが少ない。なるたけいい車を背伸びして買い、下取価格なんぞてんで考えずに乗り潰す。そのかわり手入れは万端怠りなく、みずからの手洗い洗車は日課であり、仕上げには綿棒を用いる。

かくして愛車ディムラーも、オーナーの還暦とともにめでたく走行距離十万キロに至った。その間、二度にわたるモデルチェンジには見向きもせず、ひたすらメンテナンスばかりを強要し続けているのであるから、ディーラー泣かせの客と言えるであろう。

ところで、私には車に関するモットーがもうひとつある。標準装備以外のオプションは付けない。不満やトラブルはオプションが原因である場合が多いからである。

したがって私の愛車は、十万キロ走行の間に登場した先進のメカニズムをいまだ搭載していない。

ひとつはETCであり、もうひとつはカーナビである。この両者を装備していない車など、今日ではむしろ稀であろう。しかし、これらに対して私は、べつだん頑にモットーを守っているわけではない。たしかに便利であるとは思うのだけれど、以下の理由によりどうしても採用する気になれぬのである。

まずETC装置であるが、車の持ち主が金を払ってこの機器を買うという理不尽が許せぬ。

高速道路の料金所をいちいち止まらずに通過できて、なおかつ通行料金割引の特典があるというのは、たしかに食指が動くが、その原理をよく考えてみれば、そもそもの利益はドライバーにあるのではなく、人件費を大幅に削減できる道路公団もしくは自治体にある。したがって、この機器を消費者が身銭で買うのは筋ちがい、本来は貸与でなければ話がおかしい。百歩譲ったとしても、保証金付きの貸し出しであろう。

ましてや、排気ガスを物ともせずに昼夜わかたず働いているみなさんの仕事も奪うのだと思えば、筋ちがいのうえに利己的な装置と言わざるを得ぬ。

かつて「ＥＴＣ搭載車のみ週末一〇〇〇円ポッキリ」という妙なサービスが始まったときには、さらに義憤を感じた。遊びに出かける車が大割引で、平日に仕事をしている車が平常料金だなどと、そんな理屈が通るはずはない。しかも、筋ちがいのＥＴＣ搭載車限定とはどうしたわけだ。

そのときも大いに食指が動きはしたが、「利に走って理をたがえてはならぬ」とおのれに言い聞かせ、購入は踏みとどまった。

さて、さらなる厄介者はカーナビである。むろんこの装置の革命的な利便性について、異論を述べるつもりはない。

たとえば、見知らぬ土地でレンタカーを使用した場合など、その効力たるや絶大である。しかし、生まれ育ったふるさとでこれに依存する理由があろうか。

ましてや私は、若いうちに運転免許を取得したうえ、営業が長かった。こうして書斎に座している時間の総合計は、いまだ運転席に座っていた時間に遠く及ぶまい。むろん都内と近郊の地理については、小説作法以上に知悉しているのである。とりわけ、渋滞時の抜け道や回り道には自信がある。

しかしどうであろう。カーナビを装着したら最後、そうした技能はたちまち失われてしまうのではあるまいか。つまり、「ちょっと考えればわかる」はずのその「ちょっと」の思考を、カーナビという機器に任せてしまうに決まっている。

むろん、人工衛星が指示するおざなりの道順よりも、四十年にわたる経験の蓄積のほうが正しいにちがいないのだが、ほんのちょっと考える手間を怠って、目の前にある画面の判断を優先させてしまうのは、けだし人情というものであろう。

早い話が、四十年の労苦が水の泡。ついでにその四十年間の労苦まで忘れる。ああ、この町で貧乏をしたとか、ここの交叉点で恋人と別れたとか、そこの横丁で親友と喧嘩をしたとか、そうした人生のくさぐさまでもが記憶から安易に葬られてしまうような気がしてならぬ。

よって、ETCが筋ちがいであるのとはまったく異なる個人的道義心により、カーナビは採用できずにいる。

もうひとつの別な理由としては、車内の美観を損ねるという問題もある。走行距離十万キロの愛車には、あらかじめ両者を装着する場所の用意などないから、無理に付ければきっと目障りであるにちがいない。洗車の仕上げに綿棒を用いる私にとって、視界に異物があるということはまったく我慢がならぬ。

人間の生活というものはすべからく、「画竜点睛」をなさんとするよりも「蛇足」を戒むるべきであろう。

老子にこのような言がある。

天下に忌諱《きき》多くして民弥《いよいよ》貧し
民に利器多くして国家滋《ますます》昏《くら》し

「忌諱」とは、禁令禁忌の意である。実にはるか昔の哲人の言とは思えぬ。老子は道家思想の祖であるが、実在すら疑わしい伝説の哲人である。『史記』によれば、春秋戦国時代の人であるという。つまり、周の東遷から秦の統一までの春秋戦国時代、二千数百年も昔の思想家とされている。

いずれにせよ『老子』二巻は前漢初めには成立しているので、この言は少なくとも紀元前には記されていた。

社会にタブーが多くなれば、自由が阻害されて人心は離れ、民生は貧しくなる。また、国民生活に便利な道具が増えると、国は暗くなるのである。

この言はわれわれの生きる現代にも、怖いくらい当てはまる。ことに後段の「利器多くして」は、原発から携帯電話機に至るまで、老子が二千年後の世界を予見していたとしか思えぬ。

科学は人間の幸福を求めて日々進歩するが、この恩沢を蒙る人間は、利器が幸福とともにもたらす実害や精神の退行について、謙虚に誠実に考え続けねばならない。

こんなことばかり言っていると原理主義者の譏《そし》りを免れまいが、老子が二千年後の世界を予見したように、われわれもまた二千年後の子孫のために、物を考えねば嘘であろうと思う。

ドリーム・メーカー

人間甲羅を経ると、他人が真似のできぬ得意技を身につけるものである。

しかしそれらは才能とは無縁で、なおかつ努力の成果でもないから、誰にありがたがられるわけでもなく、金にもならぬ。

たとえば看板の面相から飲み屋のよしあしを判断するとか、温泉に浸ったとたん湯の成分を理解するとか、通勤電車の中で次の駅で降りそうなやつを推理するとか、つまり多年の経験によって「若い者には真似のできぬ」技が知らず身につくのである。

読み書き三昧の人生で、ことほどさように社会経験の蓄積がない私ですら、意外な特技を持っている。実にくだらん、と思われるであろうが、まあ聞いてくれ。

夢を自在に見るのである。

まさかこの齢《とし》になって「人生の夢」ではない。眠っているときに見る夢の話である。

もともと眠りが浅いのであろうか、子供の時分からずっと、夢を見ぬ夜はなかったと言ってよい。あんまり面白いので、「夢日記」をつけていた時代もあった。夏休みの日記帳のかわりにそれを提出したら、教師はよほど不審に思ったらしく、親が呼び出された。

長じて小説を書くようになってからは、夢に見たままをストーリーにすることしばしばである。こうなると夢といえどものっぴきならぬので、今も枕元には筆記用具が置いてある。目覚めたとたんに書き留めておかなければ、夢はたちまち喪《うしな》われてしまう。

では、どの作品がそれに該当するかと問われても困るのだが、ともかく短篇小説の何篇かにひとつは夢の贈り物で、正気の私が考えた作品ではない。むしろ出来のよいものはたいがいこれかもしれぬ。

そうした具合に長らく夢と付き合っているうち、近ごろではこの別世界を相当に支配できるようになった。

まず寝入りばなに、「本日のテーマ」を考える。ありありと思い描く。たとえば、

「四面楚歌の居城にて軍議中の戦国武将、浅田次郎左衛門」

「フィレンツェの街角のカフェで妙齢の美女と恋を囁く、アーサー・ダ・ジローネ」

「丸い色眼鏡と長袍《チャンパオ》、上海フランス租界の夜の顔役、浅大人《チェンタアレン》。その正体は日本の特殊工作員」

などなど、なるたけリアルに想像していると、そのまま夢の世界の扉が開かれるのである。初期設定は私の意思だが、いったん眠ってしまえばそれからの展開はどうなるかわからない。しかし加齢とともに一貫したストーリー性が強固になっていることはたしかで、未熟な夢にはつきものの場面の急転換や、登場人物の入れ替わりはほとんどなくなった。つまり、夢というより疑似体験である。

夜中にトイレに立ったときはどうなるかというと、これもまた熟練のドリーム・メーカーの技術を発揮して、ベッドに戻ったあとちゃんと続きを見る。

この技術を習得するまでには手間がかかった。皮肉なことに尿意によって夢が中断されるのは、たいてい「いいところ」なのである。前例に充てるなら、

「浅田次郎左衛門が馬上一軍の劈頭《へきとう》に立ち、大手からどっとくり出す」

「アーサー・ダ・ジローネが雨上りの路地で、妙齢の美女と口づけをかわそ

うとする」

「浅大人こと浅田中佐が、ダンスを踊りながらチャイナドレスの太腿に拳銃を探りあてる」

といった場面で、「あー、おしっこ」はあるまい。

この不測の中断をどうやって克服したかというと、あるとき「トイレはCM」と考えたのである。みずからそう決めてしまえば、そもそも夢も現《うつつ》もてめえひとりのものにはちがいないのだから、あっさりと場面の続きを見ることができるようになった。たまには「トイレの間にゴールしちまった」というくらいのミスはあるけれど、サッカー中継よりも痛恨事というほどではない。

かくして私は、はたから見ればまことどうでもよいことなのだが、夢を自由自在に楽しめるようになった。

ひとつだけ、ままにならぬ夢がある。

私の想像を押しやって、しばしば同じ夢が現れる。ストーリーは何もない。

どこか南国の島の、さざ波寄する入江である。大きな満月が砂浜をしらじらと照らしている。そこには一艘の破船が打ち上げられていて、もとは漁師であったらしい老人が竪琴を奏でており、舟べりに座った少年が澄み渡った声で歌っている。まるで聞き憶えのない音曲なのだが、私は心を奪われる。

その私はどこにいるのかというと、古いアラビアの習俗のような白衣をしどけなくまとって、入江の水面《みなも》を漂っているのである。

大の字に浮いて、夜空を眺めている。月光は眩いほどであるのに、星々は満天に溢れている。温かな波にゆらゆらとたゆとう私の影が、水底の白沙に映っている。

何が起こるでもなく、誰が現れるでもない。ただそれだけの場面が、ずっと続く。

私の支配が及ばぬ、唯一の夢である。どうして長い間、この同じ夢ばかりをくり返し見るのだろう。何かの啓示なのか、それとも私の心の奥底にある何物かを象徴しているのか。

もし読者の中に、適切な分析をなさる専門家がおいでなら、ぜひ答えを伺いたいものである。

夢物語の傑作といえば、中唐の伝奇小説『枕中記《ちんちゅうき》』が思いうかぶ。

科挙に落第した失意の書生が、趙の邯鄲《かんたん》のとある茶店で、道士から青磁の枕を借りて昼寝をする。はたして波乱に満ちた生涯のすべてを夢に見るのだが、目覚めれば黄粱《こうりょう》飯も炊き上がっていないわずかなひとときであった。書生は栄枯盛衰のはかなさを知って、元気を取り戻すという話である。この物語から、「邯鄲の夢」「黄粱一炊の夢」という言葉が生まれた。

同工異曲に『南柯太守伝』という作品もある。どっちかがパクリに決まっているのだが、『枕中記』の沈既済《しんきせい》と『南柯太守伝』の李公佐はほぼ同時代の人物なので、私にはどちらが先なのかよくわからない。ただしディテールのたしかさは『枕中記』のほうが上であろう。

ともあれ古今東西、夢をモチーフとした小説は数限りない。現象そのものがミステリアスである夢と、元来が夢物語である小説とは、すこぶる相性がよいからである。

しかし、夢が仕事の一部になっていることを喜ぶべきか、あるいは寝ていても仕事をしているおのれを憐れむべきか、その判定は難しい。

さて、連載小説のストーリーに行き詰まったので、続きは夢に托すとしよう。おやすみなさい。

一期一会

神田の古書店街は私のふるさとである。

父がその界隈で長く商いをしており、家族もそこに住んでいたから、「ふるさと」は譬《たと》えではない。

今でも月に何度かは、丸一日を古書店街で過ごす。買い蒐《あつ》めた書物を喫茶店で読み始め、子供の時分から親しんだ安くてうまい昼飯を食う。至福の一日である。

一期一会。

これは千利休の高弟である山上宗二《やまのうえのそうじ》の、「茶湯者覚悟十体《ちゃのゆものかくごじゅったい》」にある言で、ひとつの出会いを大切にし、悔いのないよう茶をたてる心構えを説いたものである。

しかし茶心のない私にとっては、書物との出会いそのもの、あるいは書店を訪れる折の心構えでしかない。本好きの方は誰しも肯《うなず》かれようが、書物と人間とのかかわりは実に一期一会だからである。

世界に冠たる出版大国のわが国では、店頭の書物も矢継早に入れ替わる。ネット社会について行けぬ私などは、買い逃した書物を古書店街で探すほかはない。こちらの棚は新刊書店ほど入れ替わらぬが、神田の古書店はジャンル別に専門化しているので、同じ読み筋の客は同じ店に集まる。すると、それはそれでハイレベルの一期一会となるのである。

やっぱり買っておこう、と思い立って後日訪ねると、すでにない。あるいは、資金不足のためやむなく保留とし、脚立に乗らなければ届かぬ上の棚に隠しておくと、これがまた数日後には消えている。顔も素姓も知らないけれど、私とまったく同じ趣味の誰かしらが、買い求めてしまうのである。

飯を一食二食抜いたところでどうということもないが、そういうときはおのれの貧乏を呪ったものであった。

いまだに悔いの残る書物は何冊もある。たとえば、二十代のころに買い落とした満州語の辞書。正しい表題は忘れたが、昭和初年の刊行で、立ち読みした限り実に懇切な内容であった。ところが、当時の一カ月のアルバイト代にも相当する価格が付いており、その場ではとうてい買えぬ。古い満州語を必要とする人などそうはおるまいし、しかもこの値段ならまず売れまいと安易に考えて棚に戻した。しかし後日、食うものも食わずに代金を持って訪ねると、売れてしまっていた。

顔見知りの店主は、「そう言ってくれれば取っておいた」というようなことを言ってくれたのだが、それもなかなか難しい頼みごとではある。貧乏人ほど「金がない」と口にすることの屈辱を知っているからである。ましてや満州語辞典は、腹が減っても煮て食えぬ。貧乏人が分不相応の書物を買うということも、他人から見れば尋常ではあるまい。

潔くあきらめた。しかし、そのあきらめが二十年後に祟《たた》ったのである。『蒼穹の昴』を執筆するにあたって、少なくとも乾隆帝の時代には日常に生きていたであろう満州語を、作中に使うことができなかった。作家として認知もされていなかった当時は、編集者にあまり無理も言えぬし、こちらは兼業作家であるから十分な時間もない。手元にあの辞書さえあれば、とどれほど悔やんだか知れなかった。

さらにその八年後、『中原の虹』を書くに際しては再び祟った。舞台は乾隆帝の時代からさらに溯《さかのぼ》り、清王朝の肇国《ちょうこく》の物語となる。長城を越える前の彼らの会話は、むろん満州語でなければならぬ。

簡単な辞書は手に入れてあったが、あまり役に立たず、表記に信頼も置けない。そこで伝《つて》をたどって、満州語の権威たる老先生に校閲をお願いしたのだが、こちらが不勉強であるうえに先方も相当のご高齢で、しかも東京と京都ではどうしても締切前のあわただしいやりとりになってしまう。あの辞書さえあれば、とまたしても悔やんだものであった。

ちなみに、満州語はツングース諸語に属し、モンゴル語や朝鮮語、日本語とは広義での同じ系統であるが、中国語とはまるで異なる。今日の中国では、東北の満州族自治区と、新疆《しんきょう》地方に移住したその末裔の間にかろうじて伝わるだけである。

おそらく、昭和初期の中国東北部では主言語のひとつとして使用されており、満州経営の必要上「満州語辞典」も編まれたのであろう。現在の中国は少数民族の保護に努めているから、「中満辞典」は復刻されていると思うが、大陸経営の野望が潰えた日本には、「日満辞典」を編む理由がなくなったのである。

そう思うといよいよ、あの稀覯本《きこうぼん》を買い損ねたことが悔やまれてならぬ。

怖《おそ》ろしいことには、これが一例に過ぎぬのである。齢《よわい》六十を算《かぞ》える今に至っても、長いなじみの古書店を訪ねるたび、若く貧しかった時代に買いあぐねた書物を、同じ棚の同じ位置に探してしまう。

そうしたまぼろしの書物は、いっときの金に困って手放したものよりもむしろ懐かしい。たとえば、触れもせずで別れた恋人のおもかげに似る。

足掛け四年がかりで、戦争文学全集を編んだ。すでにご存じの読者も多いと思うが、集英社刊の『コレクション　戦争×《と》文学』全二十巻である。編集委員は全員が戦後世代で、いきおい文学性が高い作品を、客観的に選ぶことができたと自負している。

日本の文学は世界の常識に反して、哲学や思想性を必須要件とせずに成立するという特徴を持っている。そのかわり、個の苦悩を核として物語を展開しなければならない。だから宿命的に、世の中が平和になると文学が総じて衰弱してしまう。

戦争はあってはならないものなのだが、その戦争のもたらす壮大な苦悩は、皮肉なことに無数の文学の核となって、多くの名作を世に送り出した。しかしさらに皮肉なことには、テーマとなる戦争そのものがいまわしいから、いかに文学的価値が高くともそれらは後世に残りづらい。

何を今さら戦争文学かと、訝しむ向きもさぞ多かろうが、すぐれた文学作品がそうした理由で消えてしまうことを惜しんで、私たちはこの全集を編んだのである。戦争を知らない編集委員だからこそ、初めて可能な仕事であったと思う。

既刊の数冊を繙《ひもと》けば、ほとんど無名といえる作家の作品が多く、有名の作家のそれも世に知られざるものが収録されている。いずれもここで掬《すく》い取らねば消えてしまう名作である。

古書店の棚の書物が一期一会であるのと同様に、この機を逸すれば二度とめぐりあえぬ作品を全二十巻の全集に詰めこんだ。

小説家は小説を書くことが本分にちがいないのだが、おのれの不見識と貧しさのせいで手に入れることのできなかった書物の数々が忘れ難く、この仕事に長い時間を捧げた。

思想や哲学や信仰がなくとも、苦悩と誠実に向き合えば文学は立派に成立することを、この全集は証明したと思う。

まぼろしのふるさと

私の生まれ育った町は、かつて「東京都中野区上町《かみちょう》」と呼ばれていた。細長い東京を西に向かって延びる、中央本線と青梅街道に挟まれた一角である。

何でもそのあたりは、大正十二年の関東大震災と昭和二十年の空襲で家を失った人々が、二度にわたって移り住んだという話であった。住人の多くはもともと下町の出身であったから、山の手にありながら妙に江戸前の町であった。

私の祖父母は三月十日の東京大空襲で深川を焼け出され、戦後軍隊から復員した父と合流してその町で暮らし始めた。思えば私の生まれた年は、大空襲からわずか六年後で、大震災からも二十八年しか経っていなかったのである。

茶飲み話に聞こえてくる「震災」と「戦災」の区別が私にはわからなかったが、ともかく大人たちがみな大変な苦労をしたことは知っていた。つまり私のふるさとは、被災者の町だったのである。

その「中野区上町」には九歳までしかいなかったが、どうしたわけか私の本籍はいまだにそこである。むろん生家はなく、縁故があるわけでもないのに、戸籍謄本が必要なときは中野区役所まで足を運ぶ。

横着者といえばそうであろうが、本籍を移動するということがふるさとを捨てるような気がしてならず、ずっとそのままになっている。宿命的に転居をくり返す江戸ッ子には、あんがい同様のケースが多いのではあるまいか。

かつては運転免許証にも本籍地が記入されていた。しかし「中野区上町」ではなかった。いつの間にか古い町名が統合されて、「中野区中央」という味も素ッ気もない地名に変わった。

そのふるさとを離れてからは、よんどころない家庭の事情で転々と住居を変えたが、やはり今日の地図で見ると往時の町の名前はどこにも残っていない。「北多摩郡田無町」は「西東京市」となり、「千代田区神田旭町」は「千代田区内《うち》神田」に変わっている。いったい誰が考えたものか、どれもまこと便宜的な、少なくとも「ふるさと」にはそぐわぬ名称である。

訪ねてみれば、いずこもさほど町のたたずまいが変わっているわけではない。しかし、古来の町名だけが消えてしまっている。理由はおそらく、漢字表記の細かな町名よりも数字表記のほうが便利である、という考えであろう。

かにかくに、「中野区上町」の生家から現住所にたどり着くまで、東京都内だけを十八回も転居し続けた。

もっとも、よく考えてみれば「東京」という地名がそもそも怪しいのである。江戸を東京と改称する詔《みことのり》の渙発は慶応四年七月十七日で、同年九月八日の明治改元よりも早い。いくらあわただしい時代とはいえ、東の京だから東京だなど、ずいぶんいいかげんな命名である。新政府にしてみれば、前政権の所在地たる「江戸」を、ともかく別の名前に変えねばならなかった。遷都が決定したからには、改元にも先んじる緊急事だったのであろう。

東京。やっぱりいいかげんな気もするので、「京」の字を異体字の「亰」と表記して読み方も「トウケイ」とした。しかし、漢学者の理屈などに江戸ッ子がなじめるはずもなく、たちまち「東京《とうきょう》」として定着した。

てめえ勝手に江戸を東京なんぞと変えやがったあげく、何をまだ四の五のと言いやがる、べらぼうめ、というところであろうか。

以来百四十四年の「東京」であるが、それでも「江戸」の二百六十五年にはいまだはるかに及ばない。

江戸の名は中世豪族の「江戸氏」に由来するといわれるが、同時に土地の姿を表している。「江」は大きな川、もしくは岸辺の意であり、「戸」は出入り口、あるいは家や集落の意味を持つ。かつての江戸は文字通りそうした風景だったのであろう。

徳川家康は小田原征伐の折に、秀吉から関東移封を命じられる。東海五カ国の太守からの大左遷であった。人間五十年と言われていた時代の五十歳であったのだから、このときの家康の心中やいかばかりであったろう。

しかし家康は即断する。どのみち逃れられぬ命令ならば、四の五のと言わぬのが彼の気性であったらしい。しかも根拠地に定めたのは、小田原でも鎌倉でもなく、当時は鄙《ひな》の一漁村に過ぎぬ「江戸」であった。

この炯眼《けいがん》はまさに神がかりである。今日の東京の地形にも明らかな通り、山と谷とが複雑に入り組んだ土地で、広い城下町を造成できるはずもない。それでも家康の目には、のちの江戸の町が見えていたのである。

天下普請が始まった。神田山を切り崩して日比谷入江を埋め立て、城下に適する平地を拡げていった。今日も残る本郷や駿河台の断層はその削痕であり、皇居大手前の濠は埋め残した日比谷入江の遺構である。家康は運命として与えられた江戸を自分なりに作り始めた。すなわち、運命をデザインしたのである。

思うに、こうした気の遠くなるような作業を、先見性だけで支えることはできまい。なにしろ五十歳からの仕事なのである。おそらく家康の本性には、江戸ッ子気質の原型が備わっていて、さほど合理的ではない「イキ」と「ハリ」が物を言ったのではあるまいか。秀吉が無体を強いるのならば、ビックリさせてやるのが「イキ」である。とことん見栄を張り、意地を張るのである。

かくして天下普請を続けながら、五十九歳で関ヶ原の合戦に臨み、六十二歳で将軍宣下、七十四歳で大坂夏の陣、翌年まるで計ったように死んだ。

江戸ッ子の末裔の目から見ると、そうした家康は世にいう忍耐の人ではない。見栄と意地を張り続けた、われらが権現様である。

大江戸以来の町名が一気に失われたのは、昭和三十九年に開催された東京オリンピックの前後であったと思う。掘割を埋めて高速道路を通すくらいは致し方なかったにしても、伝統ある町の名前まで消してしまったことはやり過ぎであったと思う。経済性や利便性を求めて物を作るのは簡単だが、必ず目に見えぬ代償のあることに人はなかなか気付かない。たとえば、どこを探しても見当たらぬ、ふるさとの名前である。

初孫が生まれたとき、若夫婦はわざわざ中野区役所まで出かけて出生届を提出した。なぜか、と問われても話は長くなるので、爺ィは横着者だということにした。

今となってはまぼろしのふるさとだが、「中野区上町二十一番地」は捨てられない。

でんぷん

遼寧省瀋陽はかつて奉天府と呼ばれた清王朝の故都であり、のちには張作霖政権の根拠地となった。拙著の主要な舞台であるから、しばしば訪れる。

気候は札幌に似ているであろうか、冬の寒さは厳しいが夏はとてもさわやかで過ごしやすく、史跡や東北の習俗もよく保存された、私の好きな町である。

名物は餃子。中国語の発音なら〝jiaozi《ジャオツ》〟だが、日本人がこれを「ギョーザ」と呼んだのは、何かの聞きちがいか、それとも古い方言であろうか。また、中国では大衆的なメニューというより、正月のおせちや祝事には欠かせぬ吉祥の料理とされ、調理方法もほとんどは蒸すか茹でるかで、日本人好みの焼き餃子はむしろ異端である。

瀋陽四平街（現・中街）の『老辺餃子館《ラオビェンジャオツグァン》』では、そのフルコースが手軽に味わえる。『東来順飯荘《ドンライシュンファンジュアン》』の涮羊肉《シュワンヤンロウ》と並んで、はずすことのできぬ東北の郷土料理である。

食卓には次から次から、湯気の立つセイロが運ばれてくる。いわば「ワンコ餃子」である。早くて安くて熱くて、むろんうまい。ただし「ワンコそば」とちがう点は、量を競うわけではなく、セイロ蒸しのひとつひとつが甲乙つけ難いくらい個性に富んでいるのである。

やがて日本人好みの焼き餃子が登場する。すると、きまって同行者の誰かしらが、「白飯《パイファン》」を注文する。私たちの食習慣では、餃子にはやっぱり白いご飯なのである。

しかし、老舗《しにせ》の餃子専門店に白飯はない。ウエイトレスはうんざりとした顔で、「まったく、日本人はみんな同じことを言うんだから」。

このやりとりには、少々説明を要する。

まず第一の理由として、日本人は習慣的に、「餃子ライス」「力うどん」「ヤキソバパン」といった取り合わせを好むのだが、中華料理では「でんぷん＋でんぷん」という食べ方がありえない。

第二の理由として、日本のように白飯信仰のない中国では、それをあえて食事中に注文されると、「量が足りない」という不満を表明しているように受け取られる。

つまり、矜《ほこ》り高き老辺餃子館からすれば、日本人の要求は非常識のうえに無礼きわまるのである。

ああ、でんぷん。

「朝カレーダイエット」にも挫折した昨今、せめてこれを控えるよう心がけてはいるのだが、二千年にわたって米を食い続けてきたわれわれにとっては、あまりに過酷な方法であると思い知った。

脂肪分を断つより蛋白質を断つより、むろん甘味を断つよりずっと難しいことは、日本人である限り自明であろう。しかし、周囲を見渡せばダイエットを劇的になしえた人に、このでんぷん断ちが多いこともまたたしかなのである。

還暦を迎えたオヤジが、ミッキーちゃんの絵が描かれた茶碗なんぞで飯を食っていると、しみじみ情けなくなる。わが身かわいさのために日本の食文化をないがしろにするくらいなら、潔くどんぶり飯を食らって死んでやる、と捨て鉢な気分にすらなる。

米だけを禁じられるのならまだしも、通説によるとパンやうどんの粉食はもっといけないらしい。でんぷんを食って生きてきた民族に代用食もまかりならんというのは、何という酷さであろうか。

かくして「餃子ライス」を夢にまで見る今日このごろ、福岡に出張した。帰りのフライトまでいくらか時間があったので、ふと魔が差し、タクシーを飛ばして長浜のラーメンを食いに行った。

本場の味というのは、どうしてかくもすぐれているのであろう。長浜で食べるとんこつラーメンは、スープにまったく臭みがなく、細麺の咽《のど》ごしが絶妙である。

ラーメンだけではきっと「替え玉」を要求してしまうであろうというたしかな懸念から、「ラーメン餃子セット」を注文した。まあ、どっちもどっちであろうけれど、根拠なき良心がそう命じたのであった。

ところが、アッという間に運ばれてきた盆に、私は瞠目した。ラーメンと餃子のほかに、白いご飯まで付いていたのである。「でんぷん＋でんぷん」どころか、「でんぷんの三乗」という壮挙であった。

良心に従って提示された運命に抗うほど、私はへそまがりではない。禁忌のでんぷんを余すことなく平らげながら、米と麦を食い続けてきた日本人であることを、今さら自覚した。肉や野菜をいくら腹いっぱい食おうと、この充実感はけっして得られぬのである。

思うに、こうした「でんぷん食い」の伝統は、総じて東日本よりも西日本のほうが強固であろう。

たとえば、「ラーメン」「餃子」「ライス」の三大でんぷんのうち、充実感を得るために二つをチョイスするのはよくあることだが、東京においてこの三乗セットメニューは見たためしがない。

大阪であれほど隆盛を誇る「お好み焼」が、東京ではさほど厚遇されない理由も、でんぷんに対する愛着度の差であろうか。むろんお好み焼はうまい食べ物で、東京で生まれ育った私の口にも合うのだが、どうにも「食事」とは思えない。しかし「おやつ」にしては手間がかかるので、ばんたび食べる気にはなれぬのである。東京でお好み焼が一般化されぬ理由は、ひとえにそれであろうと思う。むろん需要が少なければ競争力も生じないので、味も向上しない。

そうした東京人が大阪に行って、初めてお好み焼を食べると、目から鱗が落ちる。実にうまい。しかも本場の人々は、これをおかずにしてご飯を食べている。場合によっては、「お好み焼＋ヤキソバ＋ライス」のでんぷん三乗なのである。

かつて新幹線での帰途に、車中で「タコヤキ」を食べようと思ったら、「タコヤキ＋タコメシ」の上下二段セットになっていたのには仰天した。

さて、私が今どうしてこのように節操を欠いた文章を書いているかというと、早い話がでんぷん不足なのである。

博多長浜における「でんぷん三乗」を反省して、ミッキーちゃんの茶碗すら食卓から遠ざけた結果、どうやら大脳に糖分が不足して機能不全に陥ったらしい。

そろそろ昼どきではあるし、これより腹いっぱいのどんぶり飯を食おうと思う。

いや、けっして挫折ではない。やっぱりスリムなバカよりも、クレバーなデブのほうがよいと考えるがゆえである。

イタリアン・クライシス

徹底した甘味断ちとでんぷん断ちの効果が如実に顕現し始めた六月下旬、皮肉なことにイタリアへと旅立った。

いつも同じだ。よし、この調子だというあたりで、海外旅行の壁が立ち塞がるのである。旅先でダイエットを続けるほど愚かしい話はないから、とりあえず中断、それまでの努力は水の泡となる。

だったら海外になど出なければよいのだが、すべて仕事なのだから仕方がない。同じ悩みをお抱えの読者も、さぞ多かろうと思う。

幕末の侍と中国のアウトローしか書かないあんたが、いったいイタリアに何の用事があるんだ、とお疑いの向きもあろうが、やっぱりなおざりにできぬ取材なのである。

日本軍によって東北の故地を追われた張学良は、一九三三年四月、イタリアへと向かった。立前はファシスト政権の視察だが、実は体を蝕んでいたアヘンを抜くためであったとも言われている。

ご存じの通り、父の張作霖は長城を越えて北京に至り、紫禁城の玉座に王手をかけた傑物であった。しかし日本軍の謀略によって爆殺され、故地は失われたのである。

失意の若きプリンスが、アヘンのもたらす幻想に惑わされながらイタリアを漂泊する。続篇はそんな貴種流離譚から始まる。


しかし、私には漂泊する時間がない。張学良の上陸地である南東部の港町ブリンディジからスタートして、ムッソリーニと会見したローマへ。さらに足跡をたどってヴェネツィアへ。同じ視線で移動しなければならぬから、道中はむろん鉄道を使う。これで五泊というのは、かなりの強行軍である。しかも六月のイタリアは暑く、体力を損なうこと甚だしい。

というわけで、強行軍を全うするためには何よりも炭水化物。夜遅くまで難解な資料と向き合うためには糖分。いや、そういう言いわけはやめよう。旅先のダイエットほど愚かしいものはなく、ましてやかの地はパスタとスイーツの宝庫なのである。

ブリンディジはアルベロベッロの少し東、わかりやすく言うなら長靴の踵の付け根に位置している。アドリア海を挟んで、ギリシャやクロアチアと定期船が往還する、風光明媚な港町である。

湾内にはイタリア海軍の基地があり、大型の軍艦が投錨していた。軍港の所在地は今も昔も変わらないはずだから、もしかしたらファシスト政権下のイタリア海軍を、張学良は視察したのかもしれない。かつての東北軍は強大な軍事力を誇っていたが、海軍はなきに等しいほど貧弱であった。

「さあて、少し早いけどメシにしようか」

取材メモをとるふりをしながら、私はさりげなく言った。同行したのは妙齢の女性編集者三名、もとより作家の食生活は知悉している。もしや私が旅先でもでんぷん断ちを続けるのではないかと、どの顔も危惧していた。

「お食事は何にしましょうか」

「何に、って君、スパゲッティに決まっているだろう」

たちまちそこいらのリストランテに躍りこみ、カプレーゼに生ハム、アドリア海の魚介スパゲッティ、ポルチーニ茸のタリアテッレ、オマール海老とカラスミのリングイネ、ピザはペスカトーレとマルゲリータ、要するにメインになどたどり着けぬくらいのパスタを、親の仇《かたき》みたいに注文した。

うまい。一言で表現するなら、法悦。しかも旅行者にとって昨今の円高はありがたい。そのうえ1ユーロ＝100円というレートは、ものすごくわかりやすい。

パスタの現地価格は、おおむね7ユーロから15ユーロぐらい、つまり東京のラーメン専門店のメニューと考えてよかろう。ともかく0を二つ加えればよいのである。これならば、おしなべて算数ができない小説家と編集者でもまちがいようはない。


イタリアにおける張学良の足跡は謎に包まれている。

同行者は正妻と三人の子供、政治顧問、副官、通訳、ボディーガードなど、相当の大人数であったらしい。百年の生涯に寄り添った趙一荻《ちょういってき》も同行している。ナビゲーターは駐中国イタリア公使夫妻で、夫人はムッソリーニの長女である。しかもこの夫人と張学良は恋仲であったというから、話はややこしい。

若き日の張学良は映画スターそこのけの好男子である。かつて中国の三分の一を支配した貴公子が、故地を奪われアヘン漬けになり、三人の美女とともにイタリアを流浪した。

その間の足どりを正しく伝えている資料は、松島駐伊大使から内田外務大臣あてに逐次もたらされた機密電報である。もともと中国の東北三省、すなわち旧満州の主であった張学良の行動は、日本と建国直後の満州国にとって、最大の関心事であった。張学良の周辺には日本の諜報員が張り付いていた。

外務省資料は、張学良に同行したイタリア公使チアーノが、対中国貿易のセールスマンであったと分析する。

〈イタリア公使夫妻ハ特ニ学良夫婦ト親密ナル関係ヲ結ヒ、最近ハ学良ニ対シFiat会社製自動車飛行機等ヲ売込タル経緯アリ、学良ノ今回ノ渡欧ヲ機会ニ（中略）岳父『ムツソリニ』ヲ説付ケテ、学良ニ対シ華僑ノ策動其他《そのた》ニ対シ特別ノprotectionヲ与フルコトトナリタル〉

しかし、華僑を介した貿易を保護することとなった貴公子は、〈目下ノトコロ毎日尚大量ノ注射ヲ必要〉としていた。アヘンに酩酊したまま旅を続けるのである。

一行のローマでの投宿先は、『セントレジス・グランド・ホテル』となって今日も営業している。私たちもここで二泊し、ムッソリーニと張学良の行動を探った。いったい何を話し合ったのか、さすがにその内容は外務省の資料にも見当たらない。

実に嵐のような旅であった。歩き、調べ、考え、駆足でヴェネツィアを離れたころには、物語のあらましが形になった。

力のみなもとは、昼夜欠かさず食べたパスタと、日に三度のイタリアンジェラートである。やはりスリムなバカより、クレバーなデブのほうがいい、としみじみ思った。

取材の合間にスーパーマーケットに立ち寄り、イタリアンの食材を山のように買った。なにしろ1ユーロ＝100円である。おかげで帰国後半月にして、体重は自分史上最高値を再び更新した。

そろそろ昼食である。本稿も書きおえたことであるし、メニューはカペッリーニのジェノベーゼソースでどうだ。

どや顔

およそ一年二カ月ぶりに、小説の単行本が刊行された。

その間に文庫化やエッセイ集の出版はあったが、小説の新刊にこれだけ間隔があいたことは、デビュー以来なかった。

まさか枯渇したわけではない。原稿の量が減ったわけでもない。同時進行していた三本の長篇連載の足並がたまたま揃ってしまい、どの作品も昨年中にゴールを迎えられなかったのである。ということは、その三作の刊行が今年に集中してしまうから、読者に対しては不親切だし、私的経済についてもすこぶる不利となる。ために昨年は、執筆量が潤沢であったにもかかわらず、馬券購入費が枯渇するという経済情勢であった。まことに要領が悪い。

むろん、この場を借りて新刊の宣伝をしようなどという下心はない。かつてなかったほど間があくと、何となくデビュー当時のようにワクワクするのである。

けっして下心はないけれど、この新刊の表題は『降霊会の夜』という。そそられる。

新聞広告のキャッチコピーは、「会いたい人はいませんか。生きていても、亡くなっていてもかまいません」――ううむ、これもまたそそられる。

しかし、この上出来の広告を見たとたん、私はそそられるよりまず愕然としたのであった。

タイトルもキャッチコピーも台なしの「著者近影」が、どう見ても過分なサイズで掲載されていた。一瞬、このオヤジは誰だと思ったが、紛うかたなきてめえのツラであった。

デカい。いや、写真がデカいのではなく、顔がデカい。そのうえ、サイズの合わなくなったシャツに、危険なくらいむりやりネクタイを締め、スーツには横ジワが甚だしい。巨頭ハゲは今さらどうしようもないにせよ、口元にいやらしい笑みを含んだ、この「どや顔」はどうしたことだ。

これが『降霊会の夜』ではなく、『これからの日本経済』とか、『六十歳のマンパワー』とか、『今考えよう蓄財と年金』などというタイトルであったら、さだめしピッタリの顔であった。

しかし、文句をつけようにもてめえのツラである。改めて鏡に向き合えば、それが版元の恣意によるものではなく、すこぶる正確な私の顔であると知れる。つまりこの写真に苦言を呈すれば、自分自身の顔がイヤということになり、かと言って根が正直者なので、若い時分の写真を指定する度胸もない。

読者がタイトルやキャッチコピーにどれほどそそられようと、このオヤジが書いたと思えば誰も読む気にはなれまい。

あろうことか、てめえのツラで水の泡かよ、と私は落胆した。

「どや顔」はいかにも定着しそうにない流行語であるが、なかなかうまい表現である。

関西弁の「どうや?」と言っているような顔のことで、つまり「自信満々に自己アピールする偉そうな表情」というほどの意味であろう。あるいは、「日本人の美徳とするところの和の精神に反し、突出しようとする醜悪で滑稽な表情」とも言えよう。

どうやら私の地顔は、客観的な「どや顔」であるらしい。実は自分の能力に自信を持ったためしなどないし、むしろいつも兢々と怖《おそ》れている。「どうや?」

どころか、「あのう、これでどうでしょうか」というぐらいの気持ちなのである。

若い時分は、一般公募の文学賞にしろ、出版社に持ち込んだ原稿にしろ、ボツに次ぐボツであったから、いまだその苦い記憶に呪縛されている。同世代の作家はおおむねそのような経験を持っているはずである。よって、「どや顔」など本来はいるわけがない。おそるおそる作品を差し出す相手が、編集者から読者に代わった、というのが本音ではあるまいか。

ましてや、虚構を造り上げる仕事である。文章という道具ひとつで、目に見えぬ架空の物語を創造するのであるから、自信などまるでないかわりに、醜悪ではないか滑稽ではないかと、怯え続けているのである。

そう思えば、年を経るごとにいよいよ「どや顔」に変わるおのれの表情が、虚勢を張っているように見えて悲しい。

しかしそれにしても、世間の広告はどうして原作者の顔を求めるのであろうか。

この小説を書いた作家の顔が見たい、というのは当然の興味であろうが、必ずしも作品世界と作家の顔が一致するわけではない。いかにも、と感心させられる顔もあれば、幻滅する顔もあろうと思う。

日本文学の作家中、最も作品に矛盾しない容貌といえば、川端康成であろう。私は若いころその作品に私淑するばかりか、顔かたちにまで憧《あこが》れて、広告の写真を机上の額に納めていた。

小説は読者にとって、夢の世界である。よって作家には、神秘性がなければならない。川端康成はその容貌や言行やすべての属性が、ふしぎなくらい作品世界と一致した稀有の例であったと言えよう。

ベテラン編集者や先輩作家から、故人の知られざるエピソードを耳にしても、こと川端康成に限ってはその神秘性が裏切られたためしはない。

もっとも、小説家の顔がやたらと公開されるようになったのは、あんがい最近の話であろう。

かつて雑誌のグラビアはモノクロであったし、新聞に掲載される写真は不鮮明であった。むろん全体の容量も少なく、文字に対する写真の比率も低かった。つまり、ビジュアル化が進行していない社会では、作家の神秘性が構造的に保護されていたのである。

タイミングが悪かった、というほかはない。デビューが遅れたせいで、紅顔の美少年であった時代は不覚にも通り過ぎ、すでに怪しいオヤジになってから、神秘性もクソもない俗物面を晒《さら》すはめになった。しかも、そののちのデジタル化によって映像は飛躍的に進歩し、今やテレビに映ろうものなら、毛髪の数が勘定できるくらい鮮明なのである。

実はそのことに気付いた数年前から、イチかバチかでいかにもそれらしい着物姿で写真に収まるという手を思いついたのだが、結果は裏目に出た。文士の風貌を狙った和服は、やっぱり神秘性もクソもなく、代官と結託した悪徳商人にほかならなかった。

「おぬしもワルじゃのう」

「いえいえお代官様、めっそうもない」

そんな吹き出しが見えるくらいなら、「どうや?」のほうがまだしもかわいげがある。

六十を過ぎて、この先マシな顔になるはずはない。せめて次の新聞広告からは、「著者近影」を自粛しようと思う。

万が一ダイエットに成功したとしても、それはそれで笑いものになりそうな気がするし。

真冬の帰り道

師走の巷《ちまた》に北風の吹き抜ける、それはそれは寒い日のことであった。母校の創立記念式典にあたり講演を引き受けたはよいものの、折しも年末進行の前倒し原稿に追われていた私は、相当に混乱していた。会場は中央線沿線のホテルである。急に冷えこんだせいか、青梅街道のプラタナスや銀杏《いちょう》はみごとに色づいていた。ハンドルを握りながら、過ぎにし青春の流行歌を口ずさんだ。

あなたの肩先に　ひらひらこぼれてる
プラタナスの枯れ葉　寒そな枯れ葉
どこまで送ろうか　真冬の帰り道
このままどこまでも　歩いていたい

ハテ、続きのサビはどんな歌詞だったのか、と考えても思い出せぬ。近い記憶の欠落は致し方ないにしても、いよいよ青春まで遠ざかってゆくのかと悲しい気分になった。思えば私が高校在学中の歌であった。

ホテルの地下駐車場に車を入れ、最上階のバンケットルームに向かう間にも、ずっと歌詞の続きを考えあぐねていた。

そもそも私は、理解力と応用力を決定的に欠くが、記憶力には自信がある。カードゲームでいうなら、「神経衰弱」だけが無敵であった。六十一年の人生をそれだけで食ってきたようなものである。つまり記憶力の減退は、存在にかかわるくらいの一大事であった。

しかし、いったん演壇に上がると、いつどこで覚えたかわからぬ「中央本線の歴史」などがスラスラと口から出る。この調子なら『真冬の帰り道』のサビを忘れたくらい、いかほどのことであろう。思い過ごしだ、と私は安心した。

式典の祝賀会は早々と抜け出して、近くの居酒屋へ。この際に仲良し同期の忘年会をやっちまおうという段取りである。むろん、ここから参加する友人のほうが多い。

どさくさに紛れて会場を脱出し、クロークで鞄を受け取った。一瞬、「アレ?

コートは」と思ったのだが、預けてないのならば車の中である。そこで同行の友人をロビーに待たせて、コートを取りに行った。

地下駐車場で愕然とした。コートがない。たいそう気に入っている「H」ブランドのコートである。数年前にパリの本店で、思考停止のまま、というより理解力も応用力もないまま、衝動的に買ってしまった記憶だけが生々しい逸品であった。

落ち着け、と私はみずからを励ました。車はロックされている。盗まれたのではないとすると、答えはただひとつ、やっぱりバンケットルームのクロークに預けたのである。そう確信したとたん、ホテルの不手際に怒髪天を衝き、エレベーターの中を走って最上階へと殴りこんだ。

「鞄だけじゃないだろう、コートがあるはずだ!」

ハゲの怒髪が天を衝いているという図は、若いホテル従業員たちにはよほど怖かったらしく、うろたえぶりはなまなかではなかった。

「引換券の番号は?」

「そんなもの、いちいち覚えているわけねえだろ」

「お色とかデザインとか」

「濃紺のツルツルしたやつだ。ええいっ、自分で探したほうが早い」

「少々お待ち下さい。こちらで探します」

「おい。まさか俺が、テキトーなコートを引っ張り出すと思っているんじゃないだろうな」

「いえ、お客様をストックルームにお入れするわけには参りませんので」

そんなやりとりをするうち、あちこちから宴会係の従業員が駆けつけてきて、クロークは火事場のような騒ぎとなった。

折しもバンケットルームから、同期の友人が出てきた。在学中から成績優秀、一部上場企業の役員を務めている出世頭である。私の窮地を知るや、彼は怒髪天を衝いて言った。

「こいつが泥棒でも詐欺師でもないことは、俺が保証する。君たちの手落ちなのだから、本人に探させなさい。いいね！」

実に持つべきものは友である。

しかしその瞬間、私はふと、ある仮定に思い当たり、柱の陰に身を寄せて自宅に電話をかけた。

「もしもし。そこいらにコートはあるか」

玄関の近くにいたのだろうか、家人は探すまでもなく即答した。「ありますけど」と。

あるべきものがないのは大変な話だけれど、ないはずのものがあるのはもっと大変である。

柱から覗き見れば、友人は私になり代わってホテルマンたちを叱咤し続けていた。

家を出たときのことは、まったく記憶になかった。忘れてきたのか、自宅とホテルの往復ならば必要ないと思ったのか、ともかくそもそもコートを持ってはこなかったのである。

「おい。不手際にもほどがあるぞ。鞄だけ渡してコートを返さないなんて、君たちこそ泥棒じゃないか！」

友人は私に代わっていよいよ激昂していた。さて、この際どのように事態を収拾すべきかと私はしばし悩み、思い屈して兵隊のような「気を付け」をした。

「すまん。家にあった」

怒髪の萎えたただのハゲをもたげてみれば、大勢の従業員はひどくシラけた顔を並べており、友人は裏切られたカエサルのような表情で立ちすくんでいた。

しかし彼はただちに迷うことなく私のかたわらに並び、「すまん」とクロークに向かって頭を下げた。ことに臨んで、この出処進退の潔さが出世の秘訣にちがいないと私は思った。

折よくエレベーターの扉が開いたのは幸甚であった。

一階のロビーに長いこと待たせていた友人たちが、居酒屋までのみちみち私を励ましてくれた。

「そういうこと、よくあるわよねえ」

「次の式典は十年後だから、どうってことねえだろ」

「エッセイに書いたりしないでよ」

「なにへコんでんだよ、おまえ」

くよくよしない性格であるから、べつにへコんでいるわけではなかった。いったん頭の中が真っ白になったせいで、忘れていたサビがありありと思い出されたのである。

大好きだけど　言い出せなくて
心でもえて　くちびるかむだけ

わかってほしいんだ　切ないぼくの胸
あなたがいつの日か　おとなになれば

言葉さえ忘れなければよい。それが私の本分なのだから。
たそがれの歩道を転げてゆくプラタナスの枯れ葉を踏まぬよう気遣いながら、
少し大人になったような気がした。

本書は、二〇〇九年より二〇一三年にかけて
JALグループ機内誌『SKYWARD』に掲載されたものに
加筆・修正して構成しました。

浅田次郎（あさだ　じろう）

1951年東京生まれ。95年『地下鉄（メトロ）に乗って』で吉川英治文学新人賞、97年『鉄道員（ぽっぽや）』で直木賞、2000年『壬生義士伝』で柴田錬三郎賞、06年『お腹召しませ』で中央公論文芸賞、司馬遼太郎賞、08年『中原の虹』で吉川英治文学賞、10年『終わらざる夏』で毎日出版文化賞を受賞。その他エッセイ集として『つばさよつばさ』『アイム・ファイン！』など。11年より日本ペンクラブ会長。

編集協力：柴﨑郁子

パリわずらい 江戸わずらい

2014年3月5日　初版第1刷発行

著　者　浅田次郎

発行者　稲垣伸寿

発行所　株式会社 小学館
〒101-8001　東京都千代田区一ツ橋2-3-1
電話　編集 03-3230-5617
　　　販売 03-5281-3555

DTP　　株式会社昭和ブライト
印刷所　大日本印刷株式会社
製本所　牧製本印刷株式会社

　ISBN978-4-09-388360-3